AUTOPORTRAIT EN ÉRECTION

Guillaume FABERT

Autoportrait en érection

Éditions Régine Deforges
27, rue Saint-André-des-Arts
Paris

ISBN 2-905538-35-X

AVERTISSEMENT

On ne compte plus les livres sur l'amour. Mais quel amour ?

Toute étreinte se nourrit autant de sentiments que de sensations, même si les uns ou les autres paraissent parfois dominer. L'amour le plus sensuel exclut autant la pure bestialité que le pur platonisme ; il mêle inextricablement les deux. Et l'amour le plus éthéré n'est que de l'amitié s'il ne se nourrit pas de contacts physiques.

Aussi bien n'ai-je jamais aimé exclusivement le corps d'une femme ou l'âme d'une femme. J'ai aimé des femmes, dans leurs rires et dans leurs hanches, dans leurs fesses et dans leurs émotions. Et si je n'ai jamais réussi à bander pour une putain — j'ai essayé une fois, et ce fut un beau fiasco — c'est qu'elle ne donne à son client qu'un corps vide, réduit à son seul poids de chair et d'os.

Mais les sentiments donnent trop souvent prétexte à des effusions romanesques qui n'en finissent plus. A force de s'ausculter le cœur, on en oublie sa verge, et les débordements de l'un font oublier les déceptions de l'autre.

Je vais donc tenter de dresser une sorte de tableau clinique de ma sexualité, c'est-à-dire de mes rapports physiques avec les femmes.

De même qu'un écorché expose l'agencement exact des muscles d'un homme en sacrifiant son aspect extérieur, j'aspire à donner la mesure de mes goûts, dégoûts, appétits, frustrations et plaisirs physiques, en les isolant complètement de leur contexte sentimental.

Je me crois aussi banal qu'on peut l'être, et c'est cette banalité qui rend l'entreprise intéressante, car nombreux seront sans doute ceux, et celles, qui se reconnaîtront dans ces lignes.

DE LA VANITÉ

J'ai toujours pensé que toute autobiographie digne de ce nom devait s'ouvrir sur le portrait du héros, et je donnerai donc l'exemple.

Agé de 44 ans, je suis blanc de peau, noir de poil. Je pèse 83 kilos pour 1,80 mètre, ce qui me fait un peu enveloppé. Mon torse est massif, ma taille épaisse, mes hanches larges, mes jambes longues, mes pieds petits. J'ai la peau douce et suis fort peu poilu. Les cheveux drus grisonnent au-dessus d'un visage banal, aux traits bien dessinés mais sans finesse, qu'éclairent deux yeux marron au regard vif. La mâchoire est lourde, les lèvres irrégulières, les dents catastrophiques.

Le tout assez viril, aux dires de ces dames, mais sans séduction particulière.

Mais l'essentiel du portrait ne réside pas dans ces détails. L'essentiel, dans l'esprit de cet ouvrage, c'est ma verge.

Ma verge constitue, sans doute possible, la plus magnifique partie de mon anatomie.

Cela ne signifie évidemment pas qu'elle soit la plus belle des verges imaginables. Si j'en crois les ouvrages de médecine et les rares allusions de mes partenaires, elle tient une bonne moyenne, mais sans plus. L'érection la plus forte ne lui donne que 17 cm de longueur pour environ 3 cm de diamètre (chiffres approximatifs, car il faut tenir compte de la courbure légèrement oblique qui la tord avec grâce, mais chiffres honorables). Rien de comparable aux matraques qu'arborent les étalons des films pornos, mais rien de semblable non plus à ces appendices maigrelets que l'on voit timidement lever la tête dans nombre de gravures libertines.

Je ne crains donc pas de l'exposer aux regards des femmes qui me veulent du bien. Lors d'une première rencontre, je me déculotte avec franchise, car je ne redoute ni fuite précipitée, ni apitoiements moqueurs ; je n'attends, au pire, que de l'indifférence.

Car les femmes — ou, au moins, celles que j'ai connues — ne paraissent guère s'intéresser à ce qui, en bonne logique, devrait les passionner. Quelques coups d'œils furtifs, mais jamais d'examen prolongé, et jamais de commentaires. Comme si les mots étaient plus grossiers que la chose, comme si l'on ne pouvait parler sans honte de ce que l'on veut pourtant bien toucher, caresser, enfourner, etc.

En 30 années de vie sexuelle jalonnées d'une vingtaine de partenaires, je ne fus complimenté qu'une fois. Une seule de ces femmes aimées osa me dire, dans le calme d'une conversation de salon et non dans l'outrance d'un coït bavard, « tu as vraiment une belle queue ». Les autres ne savaient me parler que de mon intelligence, de ma virilité, de ma personnalité, et autres fadaises.

Que de beauté, pourtant, dans ce noble membre ! Si j'étais « nouveau romancier », je ne consacrerais pas moins de dix pages à la seule description de la grosse veine bleue qui souligne la sveltesse de sa hampe, cinquante pages au gland qui triomphe à son faîte.

Mais restons sobres et disons seulement que sa beauté tient autant à ses formes fonctionnelles qu'à la force ramassée que l'on y devine.

Son épaisseur convient à tous les types de vagins, anus et bouches. Ni trop, ni trop peu : elle ne se perd pas dans un vagin détendu mais ne déchire pas un anus encore vierge. Sa longueur lui livre la place toute entière sans lui faire courir le risque de l'ébranler trop rudement. Par sa légère torsion enfin, elle crochète aisément l'entrée du ventre qu'elle investit : se plaçant d'elle-même dans le bon axe d'attaque, elle dédaigne toute aide de la main et se fraye seule un chemin dans les vulves les plus embroussaillées ou les plus lippues.

Sa force, c'est à ses érections qu'on la mesure. Dès lors que le sang se précipite dans ses corps caverneux, rien ne saurait plus entraver son glorieux raidissement : la main la plus autoritaire, le slip le plus serré, la pudeur la plus ferme, tout cède devant sa soif d'action. Menaçant de faire éclater la braguette, elle réclame impérieusement sa libération. Et à peine bat-elle librement au-dessus des testicules gonflés que son gland à demi décalotté cherche déjà l'orifice qu'elle va combler.

L'éjaculation même ne lui enlève pas toutes ses ressources : si le ventre qui l'accueille se meut encore avec appétit, elle persiste dans sa raideur et soutient vaillamment le rythme jusqu'à satisfaction complète de son hôtesse.

Elle n'est pas de ces verges qu'un rien ramollit. Même dans l'ennui d'un coït de politesse, elle donne ce que l'on attend d'elle : de la tenue, du volume, de la vigueur et de la constance.

Mais sa complaisance ne va pas jusqu'à la servilité : manipulée sans délicatesse, branlée sans ménagement, elle se rencogne dans une irrémédiable mollesse.

DES PRÉJUGÉS

Je fus élevé par une femme assez libre pour me parler très tôt des « choses interdites ».

Sans entrer dans tous les détails, elle m'évita le ridicule des fables peu ragoûtantes où s'égaraient mes camarades de collège livrés aux dangers de l'autodidactisme. Je ne crus jamais que les enfants se faisaient en se pissant dans les oreilles ; j'appris assez vite que l'amour n'est pas sale et que le plaisir qu'on y trouve n'a rien de coupable ; je fus rapidement convaincu « qu'entre gens qui s'aiment, tout est permis », même si ce « tout » me paraissait bien mystérieux.

Ma confiance en ma mère était assez assurée pour que, la nuit de mes 14 ans où, à force de penser au balancement des hanches de la fille du concierge, j'eus ma première éjaculation spontanée, je me précipitasse dans la chambre maternelle ; j'y fus pleinement rassuré sur ce phénomène stupéfiant par un « c'est normal, tu es maintenant un homme, va te recoucher et dors bien » énoncé du ton le plus paisible. Le flegme de ma mère réduisait l'événement à un banal incident de croissance, et, après m'être essuyé le ventre, je dormis fort bien.

Mais si une éducation est rarement parfaite, une éducation sexuelle ne l'est jamais. Touchant à ce qu'il y a en nous de plus particulier, elle implique nécessairement la transmission d'un certain nombre d'idées reçues de l'éducateur qui, vraies pour lui, se révéleront fausses pour l'éduqué.

Ma mère partageait les préjugés de son milieu. Jugeant que le sexe d'un homme était laid, ou au moins dénué de toute beauté, elle me fit longtemps douter de l'attrait de ce qu'elle appelait ma « quéquette ».

Il est vrai qu'une « quéquette » est plus ridicule que charmante. Ce mince tuyau au bout pincé, qui tremblotte au-dessus de deux petites boules de chair à la peau grenue, affadit le plus bel Apollon. Mais une verge en érection n'a rien de commun avec cet appendice infantile : pour la trouver belle, il suffit de la regarder.

Je ne compris l'erreur de ma mère, et la mienne, qu'un jour de mes 18 ans. Sortant d'une douche chaude, et traversant l'appartement dans l'état de nature, je fus subitement arrêté devant l'armoire à glace par l'image que j'y entrevis : je bandais, et cette corne de chair se balançant au bas de mon ventre me frappa par sa beauté.

Pourquoi disait-on que c'était laid ? Je pris des poses devant la glace, examinant l'objet sous tous les angles, relançant son balancement d'une pichenette, essayant de le faire se gonfler plus encore, ou de l'amener à la verticale. Plus le jeu se poursuivait, plus le jouet me plaisait, et lorsque je mis fin à ce divertissement, j'étais guéri de mes préjugés sur la laideur du membre masculin.

Je souffrais d'un autre préjugé, tout aussi commun que le premier, et dû sans doute aux mêmes causes : le corps féminin était beau.

Beau dans toutes ses parties. Beau dans ses yeux, sa bouche, ses seins, ses hanches, ses jambes. Beau dans son sexe.

Seul un aveugle aurait pu prétendre le contraire. On me le répétait à satiété, et, outre la famille (essentiellement féminine), les musées, films, livres, magazines ne cessaient de proclamer urbi et orbi la splendeur de la nudité féminine.

Je dus attendre de dénuder ma première vraie conquête pour comprendre que la beauté de principe des formes d'une femme n'impliquait pas nécessairement celle de tout son corps. Le sexe, en particulier, si soigneusement caché et si ardemment convoité, dégageait un charme équivoque.

Que ce triangle de poils au bas du ventre fut attirant, c'était indiscutable, mais on pouvait en contester la beauté. Il en est des toisons pubiennes comme des chevelures : l'opulence, le lustre ou l'éclat de quelques-unes ne doivent pas faire oublier ces poils ternes et rèches qui, trop souvent, embroussaillent la moitié du ventre et des cuisses, ou, pire encore, s'égaillent en troupes clairsemées sur un maigre morceau de peau de poulet.

Et lorsque je découvris les mystères que cachaient ces filets de camouflage, je dus me rendre à l'évidence : tout le monde mentait, ma mère autant que Praxitèle ou Ronsard.

Cette boursouflure aux lèvres mâchurées, bâillant sur une humidité rosâtre, a bien besoin de se dissimuler sous une barbe de sapeur. Ses formes vagues, ses couleurs indécises, ses parfums ambigus contrastent trop violemment avec le fini de tout le reste du corps féminin. Si le regard glisse avec volupté sur le modelé du ventre ou la courbe de l'épaule, il se brouille dans ce fouillis de poils, de peau et de muqueuses. Cette fameuse « fente » porte bien mal son nom : une fente, c'est net, ferme, tracé d'un geste sûr ; ce n'est pas un déchiquètement haillonneux sorti de la main tremblante d'un chirurgien hors d'âge.

Cette révélation marqua mon entrée dans l'âge adulte : j'avais désormais mes propres opinions en matière de femme, et si j'avais encore beaucoup à apprendre, j'apprendrais seul.

J'attendis 16 ans avant de contempler ma première vulve. Si je n'y pris aucun plaisir esthétique, j'y trouvai de grandes satisfactions physiques. Une femme m'ouvrait ses cuisses, me permettait de caresser son sexe, m'en remerciait par des gémissements inattendus. Ce n'était pas l'heure de jouer les délicats et de crier « cachez ce sexe que je ne saurais voir » ! Regardant au contraire de tous mes yeux le grouillement de mes doigts dans ces chairs glissantes, j'étais éperdu.

Mais dans la suite de ma vie amoureuse, je me limitai à quelques coups d'œil rapides sur l'entrejambe de mes compagnes. Je touchais toujours, embrassais souvent, mais regardais peu. Il ne m'arriva qu'une fois, et une seule, de procéder à un examen détaillé de la chose, et encore n'en ressentis-je aucune excitation particulière.

Il s'agissait de raser Brigitte, pour des raisons hygiéniques dont j'ai oublié le détail, et je proposai galamment mes services de barbier.

Muni d'un savon à barbe, d'un blaireau et d'un rasoir Gillette, je dénudai consciencieusement, avec toute la délicatesse souhaitable, cet entrecuisse si souvent caressé. Ce travail d'artiste, effectué d'une main sûre, me fit voir en détail ce que j'avais oublié depuis longtemps (environ 15 ans), mais cette redécouverte me laissa de glace. Ma verge restait benoîtement recroquevillée dans mon slip, contrairement à son habitude de se dresser au moindre effleurement des poils que je venais de raser.

J'en conclus à mon irrémédiable allergie à toute vision d'une vulve, épilée ou non, et décidai de ne plus jamais renouveler une expérience aussi déprimante, décision à laquelle je me suis tenu.

DU FLIRT JUVÉNILE

Je donnerai tous les trésors de Golconde pour une belle paire de fesses !

Qu'on ne me parle plus de seins, de hanches, de jambes ou de ventres ! Je m'enflamme à la vue d'une croupe, je me consume pour une raie culière, et j'entre en extase devant un anus joliment étoilé.

Cette passion callipyge ne se révéla que tardivement. L'adolescent obsédé que j'étais ne rêvait que seins, ventres et cuisses. Il n'imaginait pas que les femmes puissent avoir un cul.

La poitrine féminine polarisait particulièrement mes obsessions.

Le moindre corsage déchaînait en moi une rage d'arpenteur. Mes yeux se fatiguaient à percer le double mystère de la robe et du soutien-gorge, tentant d'imaginer les contours de ces masses si délicatement mouvantes ; mes pupilles s'exorbitaient au plus léger froncement de l'étoffe, comme si les tétons qui y palpitaient me faisaient signe. Bien que les occasions ne manquassent point, je me refusais à frôler du coude ou de la main ces seins tant désirés, car je ne voulais pas voler ce que l'on devait m'offrir ; mais je me promettais d'embrasser et de caresser sans fin ceux que, un jour ou l'autre, on finirait bien par me livrer.

A 15 ans, je pus enfin passer aux actes.

Aude me laissa la libre disposition de tout son corps.

Sa poitrine rayonnait de la splendeur de ses 14 ans : deux pommes fermes et souples à la fois, à la peau brûlante, dont les bourgeons cramoisis roulaient en se durcissant sous mes paumes. Je la caressais des heures durant, mes lèvres et mes mains ne se lassant pas d'apprendre par cœur le modelé de ces superbes nichons. A force d'être pétris et sucés, ils exhalaient un lourd parfum musqué, et leurs aréoles exsudaient un enivrant mélange de lait, de sueur et de salive. La tête me tournait, j'oscillais entre l'ivresse et la nausée, mais je n'en persévérais pas moins à les polir et à les lécher sans fin.

Mes entreprises amoureuses devaient évidemment rester clandestines, et, l'omniprésence des parents de ma belle Aude aidant, j'opérais plus souvent sur les cuisses que sur les seins.

Assis à la même table à l'occasion d'un jeu de société, ou pressés l'un contre l'autre au fond d'une voiture lors d'un voyage nocturne, nous vivions intensément ces longues caresses interdites dans la tiédeur de ses cuisses. Ma main s'insinuait précautionneusement sous l'étoffe de la jupe, mes doigts glissaient sur la peau moelleuse, ma paume se faisait lourde ou légère, et je bandais formidablement. L'intérieur des cuisses, ce petit concentré de douceur tiède, avait mes préférences, et ma main aimait s'y reposer entre deux périples de l'aine aux genoux. Les minutes passaient, je parlais, je jouais, mais toute mon attention restait fixée sur cette main aux cent doigts enfiévrés, qui s'enfonçaient toujours plus profondément dans l'entrecuisse fondant.

L'épais coton de la culotte bornait mes entreprises lorsque nous n'étions pas seuls — en forcer la barrière aurait exigé des trémoussements révélateurs, et je n'entendais pas pousser l'audace jusqu'à la témérité — mais je me contenais sans peine, car je savais qu'en d'autres lieux, et à un moment plus favorable, il me livrerait tous ses trésors.

DE LA FRUSTRATION

Les gens d'expérience affirment volontiers que l'éducation sexuelle est un leurre. A l'image du forgeron apprenant son art en le pratiquant, c'est en faisant l'amour que l'on deviendrait amant. Affirmation stupide s'il en fût, car elle fait bon marché du temps que l'on gaspille à apprendre à être amant, temps précieux, et qui ne se retrouve jamais.

Dès mes 15 ans, j'eus l'opportunité de faire l'amour, mais, la pilule n'existant pas encore, j'avais scrupule à baiser mes amoureuses. Comment exposer à la honte d'une grossesse une jeune fille de bonne famille qui m'aurait candidement fait don d'elle-même, ou pire, comment lui faire courir les risques d'un avortement sordide et plein de dangers ? Et je ne connaissais aucune femme mariée !

Trois années durant, je me bornais donc à flirter, caresser, embrasser... plaisir et frustration mêlés en un alliage infernal. Deux de mes flirts au moins auraient consenti à l'ultime sacrifice, mais, à leurs avances non équivoques, je ne savais répondre que par une retenue embarrassée (où je voyais de l'héroïsme). Car je croyais qu'il n'y avait qu'une seule façon de faire l'amour, celle que l'on m'avait expliquée plus que sommairement, le coït in vagino. J'ignorais tout de la sodomie et de la fellation, et j'avais trop peu d'imagination pour les inventer. Je ne pensais même pas à me faire branler, c'est dire !

Si j'avais su qu'hommes et femmes prennent autant et, parfois plus, de plaisir à la sodomie qu'à la copulation, je n'aurais pas hésité un instant, et mes petites amoureuses n'auraient sans doute protesté que pour la forme contre l'intrusion de ma verge dans leur fondement. Quel plaisir aurions-nous pris alors, assurés de la stérilité de nos embrassements !

Mais j'étais un benêt sans culture, se nourrissant de mauvaises lectures où l'amour physique se réduisait à pistonner la vulve d'une dame dans la position du « missionnaire ». Et, vu leur âge tendre, mes partenaires n'étaient pas plus savantes que moi.

La théorie ne tient pas lieu de tout, mais une pratique sans théorie ne vaut pas grand-chose non plus. Si j'avais lu Sade, par exemple, dont maints passages constituent un parfait manuel de sodomisation, ce ne sont pas mes caleçons, mais mes partenaires, qui auraient bénéficié de trois années d'éjaculations quasiment ininterrompues. On ne lit jamais assez.

DU BAISER

C'est évidemment par la bouche que j'ai commencé mon exploration du corps féminin. Pour les romantiques adolescents que nous étions, le baiser sur la bouche symbolisait la reddition de la place. C'était le sésame qui devait nous ouvrir la fabuleuse caverne, le passage obligé avant l'investissement de la suite de merveilles — seins, cuisses, ventre — menant jusqu'à la fente magique.

Aude, la première, ouvrit sa bouche à la maladroite intrusion de ma langue. Mes lèvres dérapaient sur les siennes, nos dents s'entrechoquaient, nos langues se heurtaient dans un flot de salive, et j'étais au bord de l'asphyxie, mais tout ce gâchis me mettait hors de moi : je l'embrassais, j'y étais arrivé, elle était à moi !

Le sentiment de triomphe était trop fort pour ne pas rendre négligeable le léger dégoût que je ressentais à fouiller de la langue dans cet orifice baveux aux senteurs mélangées. Je devenais homme, j'accédais enfin à cet état viril si riche de promesses, le dépucelage s'annonçait. Et si je ne prenais pas à ce fameux baiser sur la bouche tout le plaisir escompté, c'était sans aucun doute à mon inexpérience qu'il fallait l'imputer : la virtuosité de la langue ou des lèvres ne s'improvisait pas, seule une pratique assidue me mènerait à cette extase célébrée par dix mille romans et presque autant de films.

Rien n'est plus influençable que la jeunesse, et je mis quelques années à comprendre l'imposture du baiser hollywoodien. Car, soyons francs : embrasser n'est pas jouir, c'est seulement saliver ensemble.

Curieux rituel amoureux que ce rinçage de bouche réciproque ! Et quel mépris de la plus élémentaire hygiène ! Mais les femmes y tiennent assez pour s'offusquer de ce qu'on l'oublie, et j'y sacrifie donc toujours dans les premiers temps d'une liaison.

Je mentirais si je prétendais n'y prendre jamais aucun plaisir. Le baiser passionné, celui qui vous enfouit tout le mufle dans les lèvres distendues d'un visage chaviré, accompagne avec bonheur un pistonnage acharné de la verge dans un ventre qui se liquéfie ; il peut aussi servir d'ersatz à un coït que les circonstances rendent momentanément impossible — on ne s'embrasse jamais aussi goulûment que sur un quai de gare ou dans un escalier — mais ce ne sont là que de rares exceptions à une règle presque générale, et pour jouir d'un baiser réussi, il faut en subir cent calamiteux.

Si je demande aujourd'hui ses lèvres à une femme, c'est pour mon membre, et non pour ma bouche.

DU CATALOGUE

Depuis le fameux catalogue de Don Juan, les mâles occidentaux ne craignent plus de claironner la liste de leurs bonnes fortunes. Comme si la quantité primait la qualité, et que la conquête prévalait sur l'occupation. A ce compte, les amateurs de prostituées tiennent le haut du pavé sur le boulevard de la séduction, et Stendahl, avec ses 17 maîtresses en 59 ans, n'était qu'un saute-ruisseau.

Les tableaux de chasse ne prouvent rien en eux-mêmes, sinon que l'on a pour les femmes un goût assez prononcé pour leur consacrer temps, argent et énergie. C'est la qualité des pièces prises qui fait la valeur du chasseur, et non leur nombre. Sans aller jusqu'aux perversités d'un Valmont, plus friand de la pudeur d'une seule honnête femme que des charmes de cent libertines, on a plus de satisfaction à se faire aimer d'une Madame de Raynal que de Messaline.

C'est dans cet esprit de gourmet, et non de

goinfre, que j'entreprends de dresser mon modeste palmarès.

Vingt femmes exactement m'ont, à ce jour, honoré de leurs faveurs. Six d'entre elles entretinrent avec moi une relation de plusieurs mois ou de plusieurs années ; les quatorze autres ne furent que des étoiles filantes au ciel de mon lit.

C'est fort peu, si j'en crois mes amis, et je ne saurais passer pour un Casanova. Mais ma vanité se satisfait d'avoir été aimé six fois.

L'une de mes étoiles filantes ne s'est jamais éteinte dans ma mémoire, car, en me dépucelant, elle me fit le plus somptueux, et le plus désiré, des cadeaux.

Leslie promenait une mélancolie un peu fade dans le manoir anglais où je passais l'été de mes dix-huit ans à tenter d'apprendre, sans succès réel, la langue de Shakespeare. Agée de vingt ans, blonde, le visage rond et le corps robuste, on l'aurait dite fraîchement débarquée d'un drakkar. Son père y exerçant les nobles fonctions de maître d'hôtel, elle vivait discrètement dans le manoir même, avec sa famille, et, si je l'avais déjà aperçue plus d'une fois au détour d'un couloir, je ne lui avais jamais été présenté avant ce fameux dimanche où une fête locale quelconque nous réunit pour le café sur la terrasse.

Nous échangeâmes quelques banalités, puis, apprenant que je devais rentrer en France le surlendemain, elle me proposa de me montrer le parc, « so nice », paraissait-il, où, fort peu curieux de jardins, je n'avais encore jamais mis les pieds. L'offre me surprit, mais, la mettant sur le compte de la vanité immodérée des Anglais en matière de parcs et de paysages champêtres, je l'acceptai sans barguigner. Je prétendis seulement ne pas être libre avant la fin de l'après-midi : je tablais, en effet, sur cette heure crépusculaire pour rendre le parc désert, et donc propice à une tentative de flirt. Peut-être pourrais-je lui voler un baiser et quelques menues caresses ?

A l'heure dite, nous nous enfonçâmes sous les feuillages. Après cinq minutes de marche — le temps de m'assurer que nous étions seuls — je me décidai, poussé par le sentiment des convenances plus que par un réel désir, à une tentative de baiser sur la bouche. Ne devais-je pas soutenir la réputation de séducteurs des Français ?

A ma grande surprise, Leslie me livra ses lèvres sans esquisser le moindre mouvement de défense.

A peine avais-je repris haleine que je m'attaquai à ses seins, puis à ses cuisses, puis à son ventre... et elle ne m'arrêtait toujours pas ! Mes entreprises ne paraissaient pas l'enthousiasmer, son corps restait inerte entre mes bras, mais elle se laissait faire... Et c'est ainsi que, dans la nuit qui descendait sur le parc, je me retrouvai en train de lui faire furieusement l'amour.

Je n'arrivais pas à croire que c'était vrai. Je baisais, je n'étais plus puceau !

J'exultais littéralement tout en pilonnant le ventre de la pauvre Leslie de mes décharges successives. Quatre ans de frustration disparaissaient dans un flot de sperme (six éjaculations en moins d'une heure). J'étais enfin devenu un homme ! Et avec quelle facilité ! Ma verge avait su trouver immédiatement son chemin, contrairement à tout ce que j'avais entendu dire sur les difficultés qui attendaient le débutant. Je n'avais eu besoin ni de vaseline, ni de lampe de poche, je n'y avais même pas mis les mains, j'étais un champion !

Le plus drôle fut qu'avant de me quitter, Leslie m'assura qu'elle était vierge avant de se donner à moi. Me fiant à l'aisance avec laquelle mon membre l'avait pénétrée, je ne la crus pas. Ce n'est qu'après avoir regagné ma chambre que je découvris sur mon pull-over — qui nous avait servi de couche — les preuves sanglantes de sa sincérité. Il avait fallu tout mon enthousiasme, et toute ma brutalité, pour que je ne m'aperçoive de rien.

Pauvre Leslie, malmenée une heure durant par des assauts bien peu raffinés ! Si elle avait misé sur la réputation de galant homme des Français pour perdre sa virginité au moindre mal, quel ne dût pas être son désappointement !

Je n'étais pas amoureux de Leslie, je n'avais

pensé qu'à moi, je ne lui avais donné aucun plaisir, je l'avais même sans doute dégoûtée pour longtemps de l'amour physique, je ne l'ai jamais revue, mais je ne l'oublierai pas.

Mes autres conquêtes d'un jour ne me laissèrent pas d'aussi bons souvenirs, mais je ne les accuse de rien, car leur déception fut sans doute égale à la mienne.

Le hasard plus que le désir me poussa dans les bras de ces 13 femmes, et, sans désir, les plus habiles caresses ne donnent que des sensations fades, aussi vite oubliées que ressenties.

On bande par habitude, on s'astreint à quelques variations, on essaye de se motiver en jouant les vicieux, et on finit par éjaculer comme on se débarrasse d'une corvée, avec un lâche soulagement. Même si l'aspect technique de l'affaire est assez réussi pour que l'on ne se soit pas vraiment ennuyé, on ne peut espérer qu'un orgasme bas de gamme, une jouissance au rabais. Et, bien souvent, on bâcle la technique pour pouvoir s'endormir plus vite.

Aimer une femme, même pour une heure, ne se résume pas à une attirance purement physique pour ses seins, ses fesses ou son visage. Encore faut-il que le cœur, ou la tête (comme l'on voudra), s'émeuve, et que l'on se sente un peu amoureux. Le courant doit passer, comme l'on dit familièrement, et pas seulement entre deux épidermes, mais aussi entre deux personnalités.

Ce fut pure faiblesse de ma part que de céder ainsi à l'occasion. On plaît à une femme au cours d'un dîner, on lui fait un peu la cour par principe, la soirée traîne, on boit, et lorsqu'on l'a raccompagnée à sa porte, on se croit obligé de lui suggérer de « boire ensemble un dernier verre ». On est conditionné par son époque, qui veut qu'un homme « viril » ne manque aucune occasion de « tirer un coup », et on se retrouve collé à un corps moite dont on a envie de ne rien savoir.

Rien de plus mérités, ensuite, que les sourires compatissants et les allusions narquoises dont la dame régalera ses amis, et les vôtres, lorsqu'on lui parlera de vos capacités amoureuses. Je traînai ainsi, pendant quelques mois, dans le cercle de mes familiers, la réputation d'être « le plus mauvais coup de Paris » à la suite de ma décevante prestation auprès d'une copine à qui je m'étais cru obligé de faire l'amour une nuit où j'avais trop bu.

L'amitié, en revanche, s'accommode assez bien de quelques parties de jambes en l'air.

La tendresse éprouvée dans toute amitié d'homme à femme peut prendre une tonalité physique ressemblant beaucoup à du désir, et ce sont alors les circonstances qui font le reste. L'un a le cafard, l'autre veut le consoler, tous deux se sentent seuls, ou tous deux ont trop bu, et l'étreinte offre alors sa bienfaisante chaleur. On sait qu'on ne s'aime pas, mais on a envie de mots doux, de caresses, de baisers, qui donnent l'illusion de l'amour. Et on oubliera tout le lendemain.

Mais rien ne vaut d'être amoureux. Je le fus de quatre femmes, qui partagèrent mes sentiments et me donnèrent de grandes jouissances physiques (pour les satisfactions du cœur, je n'en parlerai pas, car ce n'est pas ici mon propos).

DU DÉSIR

Aucune des quatre femmes dont je fus profondément amoureux ne saurait se confondre avec les autres. Chacune d'entre elles levait en moi des émotions particulières, car chacune avait en propre son grain de peau, son odeur, sa façon de bouger, son timbre de voix et il me semble qu'aujourd'hui encore je saurais reconnaître chacune d'entre elles si je les reprenais dans mes bras.

Aude, comme je l'ai déjà dit, fut la première femme pour qui mes sens s'enflammèrent. Je la rencontrai dans l'été de mes 15 ans, pendant des vacances à la campagne.

Souple adolescente de 14 ans aux joues encore piquetées d'acné, elle balançait une poitrine triomphante au-dessus d'un ventre lisse et de deux jambes fuselées. Je dus attendre l'été suivant pour qu'elle accepte de me livrer ses lèvres, puis tout son corps, mais mes scrupules d'engrosseur potentiel aidant, je ne me résolus à la posséder que trois années plus tard, alors que ni elle ni moi n'étions plus vierges. Nous fîmes ensuite l'amour épisodiquement pendant deux ou trois ans, au gré de nos séjours l'un chez l'autre. Puis elle se maria avec un vieillard (au moins 35 ans...) et je la perdis de vue.

Les premiers seins que j'embrassai, les premières cuisses que je caressai, le premier entrejambes que j'explorai, ce furent les siens. Mes mains et ma bouche s'en souviennent encore.

Les premiers gémissements aussi, et la grisante impression de pouvoir jeter une femme hors d'elle-même par le seul jeu de mes doigts dans une vulve glissante.

J'embrassais goulûment sa bouche et sa poitrine, je fourrageais longuement dans sa toison, mais ma naïveté m'empêcha d'explorer sa face postérieure avec l'attention qu'elle méritait sans aucun doute.

Lorsque nous nous décidâmes à faire l'amour, nous nous limitâmes pendant longtemps à la position du « missionnaire ». Ce n'est qu'à la fin de notre liaison que, nécessité faisant loi — sa mère s'affairait dans la cuisine, à trois pas de nous, et nous allonger sur le tapis aurait été trop risqué — je la baisai en levrette appuyée au bord d'une table.

Aude me fit découvrir la puissance de l'orgasme féminin. Lorsqu'elle jouissait, il lui arrivait de tomber dans un demi évanouissement, ce qui m'effraya fort la première fois, car je la crus malade. Elle mettait ensuite plusieurs minutes à retrouver ses esprits. Ce comportement spectaculaire s'accompagnait de manifestations physiques tout à fait inattendues pour le débutant que j'étais : tout son corps exhalait un puissant parfum de sueur et de musc, et son sexe s'inondait brutalement, laissant de grandes taches humides sur les draps.

Ces témoignages trop charnels d'un plaisir dont je me glorifiais par ailleurs d'avoir été l'ordonnateur, levaient en moi un dégoût dont je n'étais pas maître. Il me fallait impérativement me détacher de ce corps poisseux, échapper à ces écœurants remugles et sauter sur une cigarette. Impossible d'assumer ces câlineries d'après-coït dont on dit les femmes friandes. C'était tout juste si je ne me précipitais pas sous la douche pour me laver de toute cette foutrerie.

On voit que je n'avais pas la reconnaissance du ventre et que je m'autorisais des répulsions de petit mufle. Mais quelques minutes d'éloignement suffisaient à dissiper ces émois de citadin trop lavé et, ma cigarette terminée, je me reprécipitais sur ce corps moite qui m'attendait avec patience.

Mes appétits sexuels restaient peu raffinés, bien que fort développés. Je ne savais que caresser et limer, j'ignorais tout du cunnilingus et de la sodomie, je me méfiais de la fellation, et j'interdisais presque à Aude de me toucher.

Aude ne me faisait pourtant aucun reproche, se satisfaisant sans doute de la violence de mon désir et de l'entrain de ma verge. Je saisissais la moindre occasion de la peloter, de la trousser, de la baiser, et cette ardeur l'enfiévrait autant que moi ; son riche tempérament compensant mes maladresses, mes manières frustres ne l'empêchaient pas de jouir.

Je tremblais de désir dès que je touchais sa main, que j'effleurais ses cheveux ou sa nuque. Mais, invariablement, ce désir se muait en dégoût dès que je l'avais assouvi, et ce phénomène irritant, que je me reprochais mais que je ne pouvais ni expliquer ni dominer, finit par m'éloigner du lit de la belle Aude.

DE L'AUDACE

Alors que j'avais dû faire la conquête d'Aude, ce fut Denise qui fit la mienne. Et de quelle façon ! Sa calme audace me laissa stupéfait, et séduit.

Denise ne ressemblait à la brune Aude ni dans sa beauté ni dans son comportement amoureux. Son aspect fragile, la délicatesse de ses traits auréolés de cheveux fins, sa carnation de blonde, la gracilité de ses formes, son maintien réservé, tout en elle s'opposait à la beauté exubérante, mais un peu vulgaire, d'Aude. Ce contraste entre les deux femmes ne m'empêcha pas de les aimer toutes deux simultanément, car je fis la rencontre de Denise alors que je voyais encore Aude.

Agée de 16 ans lorsque je fis sa connaissance dans l'hôtel suisse où je passais les vacances de Noël, Denise semblait sortie tout droit du Cours des Oiseaux : coiffure sage, pas un soupçon de maquillage, col Claudine, jupe plissée et petites chaussettes. On s'attendait à ce qu'elle vous fasse la révérence, et on avait honte de dire merde en sa présence. Une petite poupée ravissante, fragile et réservée, au regard encore plein de l'innocence de l'enfance.

Je l'invitai un soir à danser, dans les salons de l'hôtel où toute la clientèle était rassemblée comme de coutume, et là, premier choc : alors que j'évitais soigneusement tout frôlement équivoque, tant j'avais peur de choquer cette candide pucelle, la dite pucelle profita du premier slow pour se coller à moi. Je sentais ses seins menus s'écraser contre mon estomac, et mon bas-ventre pouvait presque deviner le modelé exact de son nombril. S'écarter eut été discourtois. Et puis, Denise était plus que charmante. Je laissai donc faire. Deux slows plus tard, à force de sentir sa bouche rôder à deux millimètres de la mienne, je l'embrassai. Mais, pour le reste, je me tins sage : pas de main baladeuse, pas de cuisse indiscrète, pas de ventre tourbillonnant. J'essayais même de lui cacher la glorieuse érection suscitée par ses embrassements.

Je me sentais plein de l'indulgence d'un adulte expérimenté — j'avais 20 ans ! — pour un caprice de petite fille. Je voulais bien perdre une soirée à embrasser une imprudente ingénue qui ne savait pas ce que l'on risque à jouer avec le feu, j'avais encore quelques jours pour trouver plus sérieux, tout cela serait oublié demain.

Le lendemain après-midi, deuxième choc. J'étais

resté dans ma chambre pour faire une petite sieste tranquille, et, alors que j'allais m'endormir, qui frappe à la porte ? Denise, dans un adorable pyjama à frou-frou, qui m'annonce avec un naturel désarmant qu'elle n'a pas non plus envie de skier, et qu'elle préfère faire la sieste avec moi ! Et, comme si cela allait de soi, elle ferme la porte, monte dans mon lit et se pelotonne contre moi.

Un dernier scrupule me retint : je lui demandai si elle était vierge, bien décidé, en cas de réponse affirmative, à ne pas profiter de la situation — toujours mes appréhensions d'engrosseur en puissance. Et là, troisième choc, l'effrontée me répondit tout uniment qu'elle ne l'était plus depuis l'année dernière, un galopin de son âge lui ayant ravi son pucelage lors d'un pique-nique en profitant de l'inattention de sa grand-mère !

Cet aveu, et le pyjama à frou-frou, m'achevèrent : je me laissai violer avec entrain.

Nous fûmes amants trois ans durant, puis Denise partit en province, et je ne la revis plus pendant longtemps. Elle se maria, eut des enfants, mais ne m'oublia pas tout à fait, et, lorsque bien des années plus tard le hasard nous remit en présence, nous devînmes amis.

Dans l'amour, Denise ne prenait aucune initiative mais acceptait toutes les miennes. Son tempérament aventureux ne s'exprimait pas en paroles, mais en actes.

L'air timide, elle courait tous les risques lorsqu'il s'agissait de faire l'amour. S'il fallait gagner la chambre de bonne d'un copain en bravant le concierge, elle filait dans les escaliers avec la légèreté d'un rat d'hôtel. Les pelotages éhontés dans un cinéma ne l'effrayaient pas, et elle acceptait de les conclure par une étreinte express entre les portes battantes de la salle ou dans l'intimité fort relative des toilettes. Elle me reçut même dans sa chambre de jeune fille un jour où elle avait la grippe, et m'encouragea à grimper dans son lit et à sodomiser son cul enfiévré pendant que sa mère vaquait à ses occupations ménagères dans l'appartement.

Denise se prêta sans restriction à toutes mes caresses. Ce fut avec elle que je découvris les plaisirs de la sodomie. Avec elle encore que j'expérimentai pour la première fois les diverses postures de l'amour : debout, assis, agenouillés, accroupis, par derrière, sur le côté, à califourchon, etc. Je maniais son corps léger à ma guise, et cette docilité me ravissait. Sa disponibilité décuplait mes appétits, et je passais mon temps à lui sauter dessus. Ah, folle jeunesse !

DE LA DOUCEUR

A peine Denise eut-elle quitté Paris que je fis la connaissance de Camille.

Camille fut l'une des rares femmes que je réussis à séduire malgré la calme indifférence qu'elle me manifesta longtemps.

Pourvue d'un amant quadragénaire qui la promenait de restaurants gastronomiques en hôtels de luxe dans le confort tapageur d'une Ferrari, elle ne manifestait que commisération pour ma deux-chevaux et mes saucisses-frites. Les apparences étaient contre moi, mais, fort de l'inconscience de la jeunesse, je lui fis la cour avec tant d'ardeur qu'elle finit par se rendre (peut-être bénéficiai-je, aussi, sans le savoir, d'une brouille avec son amant... on ne connaît jamais toutes les raisons d'un succès).

Sa fière allure de bourgeoise bon chic bon genre, admirablement mise en valeur par le maquillage et le vêtement, me tenait dans un état d'excitation permanente. Je passais des nuits à lui faire l'amour, dormant ensuite la matinée durant au fond de l'amphithéâtre sous les regards envieux de mes camarades de faculté. Nos week-ends se transformaient en marathons d'amour, et je craignais de voir un jour fondre mon gland dans son vagin en fusion. J'aurais pu donner des leçons de modestie à Priape en personne.

La peau de Camille conjuguait toutes les splendeurs. Fermeté, élasticité, grain serré, douceur, chaleur, rien ne manquait au plaisir des mains et des lèvres.

Sur la face interne des cuisses et tout le long de la raie culière, ces qualités atteignaient au sublime. Lorsque mes doigts s'enfonçaient entre les masses charnues des fesses pour frôler de leurs extrémités le périnée et l'anus, une extraordinaire sensation de tiédeur soyeuse envahissait toute ma main et remontait jusqu'à mon cerveau comme une lente marée d'alcool. Quant à la face interne des cuisses, juste en dessous de l'effloraison des bouclettes rousses, c'était à croire que l'effleurement permanent de la marche l'avait si bien polie qu'aucune aspérité, pas la moindre excroissance ou irrégularité de la peau, n'avaient pu y subsister pour altérer la perfection du plaisir qu'y trouvaient mes lèvres et mes mains.

Camille me révéla les joies de la fellation. Sans doute éduquée par son vieil amant, sa bouche savait travailler avec vigueur une verge en voie de déliquescence pour lui redonner rapidement les forces nécessaires à une nouvelle étreinte.

Mais ses attentions n'étaient pas qu'utilitaires. C'est ainsi qu'elle aimait me sucer en voiture, pendant que je conduisais d'une main tremblante et ne pouvais guère me défendre contre ses entreprises. Elle y mettait quelque malice, car si mon corps vibrait comme une corde de violon sous l'archet de sa langue, je me sentais atteint dans mon image de mâle dominateur : ma vanité virile souffrait de la délicieuse passivité où me réduisait cette bouche diabolique.

Autant dire que je n'étais pas encore sorti de l'âge bête, et que Camille, de deux ans mon aînée, s'en amusait.

L'audace de Camille ne valait pas celle de Denise, et elle manifesta quelque réticence lorsque je prétendis l'enculer. Peur de l'inconnu, mauvais souvenirs, je n'ai jamais su exactement l'origine de son appréhension. J'avais beau insister, multiplier les arguments, user alternativement de la tendresse ou de l'ironie, rien n'y faisait, et j'allais renoncer lorsque ma patience (deux ou trois mois) fut enfin récompensée : un jour où Camille avait ses règles, je parvins à l'exciter si bien par un flirt poussé à l'extrême qu'à défaut de son vagin indisponible, elle consentit à m'ouvrir ses fesses.

L'expérience ne lui ayant pas déplu, nous la renouvelâmes avec régularité, mais Camille n'en devint pas pour autant une fanatique de la sodomie. Elle ne détestait pas, mais y voyait un substitut au coït in vagino plutôt qu'un plaisir se suffisant à lui-même.

DE L'ORGASME

Ce fut avec Brigitte que la sodomie me révéla l'infinie variété des plaisirs que peut dispenser un anus complaisant, car Brigitte adorait se faire enculer.

Lorsqu'elle me rencontra, Brigitte n'était pas sans expérience amoureuse — son premier amant en avait même fait une excellente fellatrice — mais elle possédait toujours son pucelage postérieur.

Je lui ravis rapidement cet anachronique titre de vertu, en mettant à l'opération les ménagements souhaitables, et tout se passa fort bien. Mais ce ne fut que progressivement que son anus devint le siège premier de nos ébats, au point, sur la fin de notre liaison, de polariser l'essentiel de nos activités amoureuses. Non que nous n'usions plus de sa bouche et de son ventre ; mais aucune étreinte ne pouvait omettre une incursion, même brève, de mon membre dans son divin trou du cul.

J'y revenais toujours, j'en étais obsédé. Ma

verge semblait irrésistiblement attirée par cette étoile brune qui savait si bien s'ouvrir pour l'aspirer, la masser, la sucer, la branler...

Nous pulvérisâmes ensemble mes records d'endurance dans le limage. Alors que l'étreinte de mes précédentes maîtresses me menait 9 fois sur 10 à l'éjaculation en quelques minutes, je pistonnais souvent un grand quart d'heure dans son cul. Le plus étonnant reste que cette lenteur à jouir ne me causait ni ennui ni agacement, contrairement à ce qui se passait lors des rares fois où, avant de connaître Brigitte, je jouais les amants laborieux et patients avec une de mes maîtresses.

Je prenais au contraire un plaisir extrême à m'acharner longuement dans les fesses de Brigitte. Mon ventre tambourinait avec volupté sur cette croupe mouvante, mon gland aimait à se rafraîchir à l'extérieur de l'anus avant d'y replonger avec fougue, mes couilles se balançaient gaiement sur le périné, et lorsque je sentais, enfin et pourtant trop tôt, le sperme monter dans ma verge, je m'enfonçais de tout mon poids au plus profond de ce cul tressautant.

L'éjaculation m'immobilisait quelques secondes. La présence du corps de Brigitte entre mes bras se faisait alors plus intense que jamais : je sentais son anus palpiter autour de la base de mon membre, comme pour en extraire la dernière goutte de sperme ; mon ventre se pressait contre la chaude fermeté des fesses ; ma bouche se noyait dans les mèches folles de sa nuque et ma tête s'emplissait du parfum de ses cheveux.

Lorsque je déculais, les reins brisés et le souffle court, et m'affalais à ses côtés, j'avais encore envie de l'embrasser, de la pétrir, de la prendre, et seule la fatigue arrêtait la machine à enculer que j'étais devenu.

Je vois deux raisons à l'intensité du plaisir que je prenais à sodomiser Brigitte.

L'une, banale puisqu'exclusivement physique, tient aux différences anatomiques entre vagin et anus. Alors que le vagin enserre tout le corps de la verge et masse celle-ci sur toute sa longueur à chaque mouvement, l'anus ne débouche que sur la vaste cavité du rectum où la verge se perd et seul le sphincter branle la hampe, le gland n'étant caressé qu'épisodiquement. Les effets de friction de l'enculage sont donc bien inférieurs à ceux d'un coït vaginal, et l'éjaculation en est retardée d'autant.

L'autre raison relève du sentiment, et donc du hasard : j'étais très amoureux de Brigitte.

C'est au cours d'une de ces séances de sodomisation forcenée que je ressentis la plus extraordinaire sensation physique de ma courte existence.

Après un dîner copieusement arrosé, la nuit méditerranéenne nous enveloppait de ses souffles tièdes tandis que l'herbe souple du jardin se froissait sous nos corps à demi dévêtus. Chevauchant Brigitte comme un étalon saillissant sa jument, les mains accrochées à ses seins, la bouche mordant sa nuque, le ventre rivé à son cul, les genoux étreignant ses cuisses, je limais, limais et limais toujours. A chaque coup de reins, nos corps soudés l'un à l'autre se soulevaient légèrement du sol et retombaient quelques centimètres plus loin. Plus cela durait, et plus ma verge grossissait dans le cul bien huilé, plus mes doigts crochaient dans les masses tièdes des seins, plus mes dents mordaient la nuque mince. Le grondement du sang battant à mes tempes m'assourdissait, mes reins s'emballaient, et je n'étais plus qu'une verge forant une chair toujours plus brûlante.

Lorsque l'éjaculation survint enfin, après au moins vingt minutes d'une cavalcade endiablée, la terre bascula, et je me retrouvai dans les étoiles qui brillaient entre les branches du palmier au pied duquel nous avions fini par échouer après avoir parcouru tout le jardin à quatre pattes.

Je planais, mon corps ne pesait plus rien, la voie lactée m'aspirait. J'étais vraiment arrivé au septième ciel.

Cet orgasme hors concours ne se renouvela pas. Nous bénéficiâmes sans doute d'une conjonction exceptionnellement heureuse de circonstances physiques — alcool, tiédeur et luminosité de la nuit —

et mentales — amour, précarité de notre situation — qui ne se retrouva plus. Mais je ne regrette pas qu'il soit resté unique, car son souvenir m'illumine encore.

DE LA JOUISSANCE

Souvent évoquée, la jouissance masculine est rarement décrite. On s'en tient le plus souvent à des approximations réductrices qui se résument à identifier jouissance et éjaculation. Or il peut y avoir jouissance sans éjaculation — trop rarement — et éjaculation sans jouissance — trop souvent.

Le plaisir de prendre une femme, c'est d'abord celui de la caresser, de l'embrasser et de la pénétrer, sans que soit nécessairement envisagée une prochaine éjaculation.

Il m'est souvent arrivé de posséder ma partenaire tout en prévoyant que je n'arriverais pas à éjaculer. Lorsque j'en suis à la troisième ou quatrième manche, et que la précédente n'a déjà produit, à grand peine, que quelques avares gouttes de sperme, je ne me fais guère d'illusions sur ce qui m'attend : ce sera la fatigue, et non l'éjaculation, qui arrêtera mes entreprises. Mais il me suffit de passer mes mains sur cette peau tiède, de sentir le poids des seins au creux de mes paumes, de mordiller la nuque odorante, pour que ma verge aspire à s'enfouir dans un ventre accueillant. Dès lors que le désir la lubrifie assez pour que le prépuce coulisse aisément le long du gland, elle pourra jouir de ses allées et venues dans le vagin ou l'anus. Du gland massé alternativement par le prépuce et les parois du vagin s'irradiera la délicieuse sensation de chaleur qui, se combinant avec les plaisirs tactiles des mains et de la bouche, donnera à l'étreinte tout son prix. Le gonflement de la verge est à lui seul un plaisir, le polissage du gland en est un autre, et tant que l'ensemble verge-vagin (ou verge-anus) reste bien huilé, il n'y a pas de raisons de s'arrêter.

Si la fatigue s'installe dans les reins, si l'érection tend à s'affaiblir, c'est qu'il est temps de vider les lieux. On aura alors le choix entre un retrait franc et massif, et une retraite de comédie.

Lorsqu'on connaît bien la dame et qu'on la sait assez avertie pour ne pas confondre éjaculation et plaisir, on la prévient tout uniment de ce que les meilleures choses ont une fin et que l'on entend se retirer rapidement — on se doit évidemment de patienter quelques instants si elle est elle-même au bord de l'orgasme.

Mais si l'on a affaire à l'une de ces trop nombreuses ignorantes qui voient dans l'éjaculation l'indispensable preuve de l'amour qu'on leur porte, il convient de ne pas la décevoir, et de simuler une émotion que l'on n'éprouve pas. Comme aucune femme ne peut physiquement sentir l'émission de quelques gouttes de sperme au fond de son vagin ou de son anus, un mince talent d'acteur suffit à donner tous les signes de l'éjaculation, tout en omettant l'essentiel. Halètements précipités se concluant dans un cri d'agonie, étreinte convulsive du corps aimé agrémentée de morsures et griffures diverses, course furieuse de la verge avant de s'immobiliser brutalement au fond du vagin, tandis que les jambes et le ventre frémissent sous l'effet de spasmes irrépressibles... Ce ne sont pas les pantomimes qui manquent. Je me suis livré, plus souvent qu'à mon tour, à cette aimable comédie sans être jamais démasqué.

A l'inverse, il est des éjaculations d'où l'on sort plus frustré que content.

Telle est celle qui couronne un long et fastidieux labourage. De même qu'il y a des jours où l'on goûte médiocrement un plat dont on raffole à l'ordinaire, il arrive que le corps le plus aimé nous devienne soudain insipide, et que l'on se retrouve à besogner mécaniquement un ventre qui se croit toujours irrésistible. Allez donc faire admettre de telles sautes d'humeur à une femme amoureuse ! Plutôt que d'entrer dans des explications qui auront toutes chances d'être tenues pour des insultes, on se résigne à poursuivre avec courage ce que l'on avait entrepris dans un enthousiasme trompeur, et on attend l'éjaculation comme une délivrance.

On pourrait jouer la comédie décrite plus haut, mais on se sent déjà assez coupable de cette soudaine satiété pour ne pas y ajouter le mensonge, et on s'en remet à la nature. Et lorsque le sperme se décide à jaillir, on y trouve au moins le plaisir de cesser une gymnastique fastidieuse.

Même chose pour l'éjaculation qu'on se laisse extorquer par pure faiblesse.

Lorsque le corps est fatigué et le désir absent, la plus aimée des femmes me rebute, mais cette asthénie est rarement partagée, et il n'est pas toujours possible de dire non. J'ai le malheur de pouvoir bander sans désir, quelques caresses, mêmes maladroites, y suffisant le plus souvent, et la raideur de ma verge rend toute discussion inutile : pour la majorité de ces dames, qui bande désire baiser, et qui baise désire jouir !

Soit faiblesse, soit gentillesse, comme on voudra, il m'est donc arrivé plus d'une fois de monter à mon corps défendant dans le vaisseau pour Cythère, et d'y ramer poussivement. Usant mes dernières forces à soutenir un rythme toujours trop rapide, j'attendais patiemment que cc fichu sperme veuille bien venir prouver et ma virilité, et mon amour, avant de m'endormir enfin.

Et puis, il y a toutes les éjaculations ratées !

Celle que, à la demande d'une dame imprévoyante, on est contraint d'exécuter à l'extérieur du ventre où l'on se prélassait. Rien de plus désagréable que cette fraîcheur qui vous enveloppe le gland comme un linge mouillé tandis que votre sperme englue gaiement tout — draps, vêtements, tapis — ce qui vous tombe sous la queue...

Celle que l'on veut retarder parce que la dame traîne en route. A force de freiner, on en arrive à s'arrêter, et l'on supprime ce que l'on voulait seulement différer. J'ai alors la sensation physique de l'éjaculation, mais brève et sans plaisir, alors que rien ne sort de ma verge traumatisée, et je débande ensuite irrémédiablement.

Mais si la jouissance n'est pas l'éjaculation, qu'est-ce donc ?

J'aurais tendance à répondre : « l'orgasme », ou, si l'on préfère, « une apothéose de plaisir couronnant un processus de sensations physiques et mentales très excitantes ». Vilaine formule pour une si belle chose, mais assez exacte si l'on veut bien l'examiner de plus près.

Par les caresses manuelles et buccales, je m'imprègne peu à peu de tous les charmes physiques de ma partenaire. Grain de peau, élasticité des chairs, fluidités des courbes, douceurs des poils, odeurs et parfums varient à l'infini selon la partie du corps que j'explore, et à mesure que mes mains et ma bouche élargissent leur champ d'investigation, une exaltation de plus en plus aiguë m'envahit.

Les yeux sont de la fête, eux aussi, mais c'est l'imagination qu'ils stimulent : débusquant la fraise d'un sein dans l'échancrure d'un chemisier, ils invitent la bouche à s'en saisir, la langue à l'agacer, les dents à la mordiller... et lorsque leur regard envisage la vaste étendue d'une croupe agitée de frissons, ils voient déjà la verge se frayer un chemin entre les douces fesses blanches.

Le terme de cette période d'exploration voit mon corps porté à l'incandescence par les multiples sensations tactiles, gustatives, olfactives et visuelles qui se bousculent dans ses nerfs. L'esprit submergé d'images licencieuses et d'anticipations lubriques, je n'en peux plus de désir, et me décide à posséder ma compagne.

Durant ces préliminaires, il est évidemment souhaitable d'éviter le one man show. Si ma partenaire sait agir tout en me laissant faire, si ses caresses répondent aux miennes, mon désir s'en accroît d'autant. Mais une passivité allant même jusqu'à l'inertie ne me décourage pas ; elle me ralentit seulement. Seule une indifférence physique ostentatoire à l'égard de mes entreprises m'arrêtera, ma vanité n'admettant pas que je puisse prendre du plaisir sans en donner.

Dès lors que ma verge entre en action, elle

tient le premier rôle dans le processus de la jouissance.

Physiquement, d'abord, car c'est d'elle qu'émanent les sensations corporelles les plus intenses. Le gonflement de sa hampe, la friction du gland par le fourreau où il coulisse, la chaleur liquide du ventre pénétré, sont autant de sources de plaisir. Si je me meus doucement, j'ai l'impression de pouvoir localiser le plaisir à l'extrémité du gland, ou à la racine de la verge, ou sous la couronne du gland ; si je prends le grand galop, c'est mon membre tout entier que je sens se gonfler de chaleur, se dilater toujours plus, jusqu'à exploser dans l'éjaculation. Et lorsque le mécanisme de celle-ci se déclenche, je ressens physiquement la course du sperme à l'intérieur du membre, comme une vague qui déferle.

Ces joies du corps se doublent de celles de l'imagination, car si je suis suffisamment concentré sur l'étreinte en cours, j'arrive à littéralement « voir », derrière mes paupières closes, ma queue en action. Je la « vois » écarter les petites lèvres et s'enfoncer dans l'orifice rosâtre ; je « vois » le gland s'écraser contre l'anus avant d'être brusquement avalé par celui-ci ; je « vois » mes couilles battre contre le périnée... Bref, je me vois dans le corps de mon aimée, et cette vision, autant que le jaillissement du sperme, est partie intégrante de l'inégalable plaisir de l'orgasme.

L'éjaculation n'est donc que le point d'orgue de toute une symphonie, le coup de cymbale qui couronne un crescendo.

On ne jouit pas aussi souvent que l'on fait l'amour, et l'orgasme relève plus de l'exception que de l'habitude. Mais pourquoi s'en plaindre ? Sa rareté n'est-elle pas une raison supplémentaire de le rechercher, et s'il était banal, n'en serait-on pas rapidement lassé ? Ce qui importe, c'est qu'il existe, qu'il soit à notre portée, et qu'il vienne de temps à autre magnifier une vie sexuelle routinière.

DE LA GYMNASTIQUE

Quelle position adopter pour faire l'amour ? La plus confortable ? La plus originale ? La plus acrobatique ? La plus vicieuse... ?

Ce sont souvent les circonstances qui commandent. Une forêt en hiver, une prairie au mois d'août, les toilettes d'un cinéma ou l'appartement conjugal n'offrent pas les mêmes commodités.

Si la chambre douillette autorise pratiquement toutes les variations imaginables, une forêt enneigée impose l'accolement debout, face à face ou l'un derrière l'autre. L'urgence ou l'inconfort justifient l'improvisation au débotté, alors qu'une pièce bien close et bien chauffée invite à prendre tout son temps et toutes ses aises. Certains vêtements, comme les pantalons, gaines et salopettes, limitent singulièrement les possibilités de s'étreindre commodément et incitent à la rapidité, d'autres — jupons, robes du soir, bodies en soie — poussent à musarder paresseusement d'un entrebâillement à l'autre. Enfin, à situation exceptionnelle, mesures exceptionnelles : qui ne se souvient de Casanova faisant l'amour à travers les grilles du parloir d'un couvent ?

Amateur de furtives étreintes dans les lieux publics (mais ennemi de tout exhibitionnisme), je fis souvent l'amour debout, ma partenaire me tendant les fesses tout en s'appuyant à un mur, un arbre, un banc ou tout autre meuble, pour mieux soutenir le choc de mon impétuosité. La position ne présente que des avantages : la robe reste retroussée sur les reins bien cambrés, la culotte peut se descendre à mi-cuisses, retenue par un faible écartement des jambes ; le membre masculin se glisse aisément dans le vagin ou l'anus sans que la récipiendaire ne soit obligée de s'écarteler ; les seins, le ventre, les cuisses, les hanches, les fesses et le clitoris s'offrent à toutes les caresses ; le regard peut se délecter à suivre les allées et venues de la verge sous la croupe en mouvement. Si quelque importun survient, on se rajuste en deux temps et trois mouvements et, culotte remontée, robe retombée, braguette fermée, on affronte, le sourire aux lèvres, le gêneur.

La quiétude d'un lieu clos permet de se déshabiller et de passer en revue tout le répertoire. Dans les premières rencontres, on dévastera le lit, on sillonnera la pièce à quatre pattes, on se roulera sur la moquette, on s'enfouira dans les canapés, on se perchera sur les fauteuils, on s'aplatira sur la table... Les corps s'emboîteront l'un dans l'autre au gré de l'humeur du moment, ventre à ventre, ventre à fesses, en lotus, en soixante-neuf, etc.

Mais la pérennisation d'une liaison ne tarde pas à sélectionner quelques figures imposées. Les premières curiosités satisfaites, on se limite à un petit nombre de postures où chacun trouve son compte. Le choix varie selon les partenaires, certaines femmes adorant ce que d'autres détestent, mais, si j'en crois mon expérience, il existe quelques positions incontournables.

La « missionnaire » ne peut être totalement exclue, bien qu'elle présente plus d'inconvénients que d'avantages.

L'homme doit se soutenir sur les coudes et les genoux s'il ne veut pas étouffer sa partenaire. Son bas-ventre se heurte avec violence au pubis féminin, dont la dureté n'a rien de plaisant. Ses mains, habituellement coincées sous le dos ou les fesses de la femme, sont réduites à l'inactivité, ou, si elles échappent à ce piège, se bornent à caresser maladroitement les épaules et la tête qui leur sont seules accessibles sans contorsions pénibles. Unique avantage, le face à face des visages qui permet au regard de suivre la montée du plaisir sur les traits de l'autre. Certains ajouteront que les bouches peuvent se dévorer mutuellement, mais, pour moi qui goûte peu les baisers carnivores, ce n'est guère qu'un inconvénient de plus.

Ce triste bilan devrait reléguer « la missionnaire » au rang des curiosités archaïques, que l'on ne pratique plus guère que pour se dépayser. Mais, allez savoir pourquoi, c'est presque toujours par une « missionnaire » que l'on inaugure une liaison, et l'on ne peut s'empêcher, par la suite, d'y revenir de temps en temps.

La « missionnaire » importune autant les femmes que les hommes, et, alors que, débutant à peine dans la carrière, je suivais paisiblement mon petit train de père blanc, l'une de mes partenaires me le fit bien voir.

Sans doute fatiguée d'étouffer sous mes 80 kilos, elle se contorsionna si bien que ses cuisses, d'abord sagement allongées le long des miennes, encerclèrent mes hanches, avant de finir par se coller sur ma poitrine. Je me retrouvai alors en appui sur les mains et les genoux, tandis que les jambes de ma fougueuse compagne me servaient d'amortisseurs.

La position ne me déplut pas, ma verge semblant s'enfoncer plus profondément que d'habitude, mais je finis par me fatiguer à jouer les équilibristes ; aussi, empoignant la belle à pleines mains, tout en restant solidement chevillé au fond de son ventre, je glissai jusqu'au bord du lit et réussis à me mettre à genoux sur le sol, ce qui me permit de me remettre à l'ouvrage avec plus d'aisance. Mon ventre se trouvait à la hauteur idéale, mes mains redevenaient disponibles pour toutes les caresses, ma poitrine se frottait agréablement aux cuisses de ma partenaire, et je pouvais même observer le va-et-vient de ma verge dans son nid moussu. C'était parfait, et je me promis bien de recommencer.

Par la suite, j'améliorai la formule en remplaçant le lit par une table. Une table solide, s'entend, car la dame s'y étend sur le dos, les fesses au ras du bord, les cuisses ouvertes et les pieds au ciel, et le galant, bien calé sur ses jambes légèrement fléchies, n'a plus qu'à avancer son membre dans le ventre, ou le cul, qui lui est si commodément présenté.

On est tout de même plus à l'aise debout qu'à genoux lorsqu'il faut s'agiter amoureusement : on fatigue moins, on contrôle mieux la situation, on peut même passer du vagin à l'anus sans que la dame ait à bouger les fesses.

Plaisante position, et je l'adopte assez volontiers, mais qui souffre tout de même d'un grave défaut : elle éloigne trop les amants l'un de l'autre. On n'est tout à fait lié que par le bas-ventre ; pour le reste, si les cuisses de l'une se reposent souvent sur le torse de l'autre, et si les mains de l'un caressent les seins de l'autre, on ne s'étreint pas vraiment. On ne peut ni s'écraser, ni rouler l'un sur l'autre, et il est exclu de se pétrir, de s'empoigner, de se frotter. Bref, on reste un peu trop le spectateur de son propre accouplement, on n'en est pas pleinement l'acteur, et c'est dommage pour les sentiments.

La « levrette », en revanche, et quelque variante que l'on adopte, a toutes les séductions.

La position de base est bien connue : la femme se met à quatre pattes, en creusant les reins, et l'homme la couvre par derrière, agenouillé entre ses jambes.

Autour de ce schéma fondamental, les amants peuvent broder à leur gré. La femme allongera les bras au sol et y enfouira la tête, l'homme se couchera sur le dos de la femme, la femme ramènera ses genoux sous son ventre, donnant ainsi plus de rondeur à sa croupe. On peut aussi s'étendre sur le flanc, « à la paresseuse », ou s'allonger l'un sur l'autre, ou encore utiliser l'appui d'un fauteuil... L'essentiel reste que la femme tourne le dos à son amant, et que celui-ci sente les fesses de sa maîtresse contre son ventre lorsqu'il la pénètre.

L'entrefesse offre à la verge une voie d'accès libre de tout obstacle, car le resserrement des cuisses ne limite en rien l'introduction du membre masculin entre les lèvres de la vulve, et la pénétration atteint son efficacité maximum du fait de l'orientation naturelle du vagin. On ne risque ni tâtonnements brouillons, ni dérapages intempestifs.

Lorsque la dame sommeille, couchée en chien de fusil, la position permet de se faire passer pour un rêve libertin. La verge bien humectée s'insinuera avec douceur entre les grandes lèvres, puis, par de légères pressions successives, progressera jusqu'à l'entrée du vagin, où elle ne pénétrera qu'avec la plus extrême lenteur. Ce n'est qu'une fois le membre solidement vissé dans un ventre encore assoupi que l'on entamera un cycle de caresses aériennes sur les hanches, le dos et les fesses. La bouche viendra respirer la nuque, les cuisses se colleront aux cuisses... et en route pour Cythère !

Le confort de la levrette n'est pas le moindre de ses charmes, mais ce n'est pas le seul.

Outre qu'elle ouvre tout le corps de la femme aux caresses masculines, elle donne à l'étreinte une touche d'animalité fort excitante. Tous les mammifères s'accouplent en levrette, ils ignorent superbement la missionnaire, et c'est sans doute pourquoi notre imaginaire tend à assimiler levrette et bestialité, missionnaire et sentimentalité.

Les films montrant des amants en pleine action le prouvent avec éclat : la levrette est réservée aux paillards, la missionnaire aux amoureux.

Dans l'amour, je me sens animal, et plus j'aime, plus j'ai envie d'animaliser. J'adore prendre la femme que j'aime « comme une bête », pour employer l'expression consacrée.

Si la levrette a ma préférence, elle ne m'occupe pas exclusivement, et je pratique assez communément « l'amazone », qui voit la femme chevaucher l'homme étendu sous elle.

L'amazone convient aux jours de grande fatigue, ou de grande paresse. Ma partenaire assume l'essentiel du travail, donnant le rythme, bondissant sur mon membre, m'embrassant la poitrine et le cou, se repliant ou s'allongeant le long de mes flancs et de mes cuisses. C'est elle la patronne, et je me laisse faire avec complaisance. Seules mes mains gardent une certaine liberté d'action, qu'elles emploient le plus souvent à caresser la croupe qui leur est offerte et à y infiltrer des doigts fureteurs.

Lorsque ma cavalière a pris le grand galop, un ou deux de mes doigts perforent son anus dilaté, et c'est par le mouvement alterné de ma verge et de mes doigts, celle-là se retirant lorsque ceux-ci s'enfoncent, et vice versa, que nous arrivons à l'orgasme.

Faire « soixante-neuf » ne manque pas non plus d'agrément si la dame sait se servir de sa bouche, mais cela doit rester un hors-d'œuvre. Je me mets de préférence au-dessus de ma partenaire, de façon à garantir à ma bouche une totale liberté de mouvement. Dans la posture inverse, la plupart des femmes ont tendance à vous coller carrément leur bas-ventre sur le visage et, le nez coincé dans la raie des fesses et la bouche envahie de touffes de poils, on risque l'étouffement. Accroupi au-dessus de la dame, je relève suffisamment le bassin pour que ma verge se balance librement, et que ma partenaire puisse s'en saisir et la ponctionner toute à son aise.

Lorsque je sens l'éjaculation proche, j'interromps l'action pour éviter à ma suceuse d'avoir à avaler le fruit de ses efforts (je n'ai rencontré qu'une femme qui y prenait plaisir), et j'enchaîne par un coït ou une sodomisation, de façon à me répandre dans un vagin ou un anus complaisant plutôt que dans un gosier réticent.

Enfin, il est une posture que j'ai peu pratiquée, car elle laisse ma partenaire sur sa faim, mais qui ne manque pas de charme lorsqu'on veut briser une routine qui s'installe. Lorsque la dame est dotée de ce que l'on appelle communément « une belle poitrine », je ne déteste pas d'y faire suivre ma bouche et mes mains par ma verge.

Après avoir caressé et léché ces nobles volumes assez longtemps pour ne pas passer pour un malotru, je loge prestement ma queue dans leur sillon, j'en rapproche les masses entre mes mains, et je m'agite ensuite gentiment, en veillant bien à ne pas écraser la belle par des mouvements trop brutaux.

Les sensations éprouvées ne tiennent pas du miracle, mais la posture est amusante. Elle l'est plus encore si l'on pousse le jeu jusqu'à prier la dame d'avoir l'amabilité de donner un coup de langue sur le gland à chaque fois qu'il sort la tête de ses oreillers... C'est alors à qui sera le plus habile dans cette coquine variante du jeu du chat et de la souris, et l'on rit beaucoup.

DE LA SODOMIE

De mes goûts d'adolescent ne m'est guère resté que celui, prononcé, que j'avais pour les cuisses féminines. Bouche, seins et vulve sont tombés dans les oubliettes de mon histoire personnelle, faisant place nette pour un nouveau venu triomphant, le dos.

Le dos, de la nuque au périnée, tout le dos.

Je n'arrive plus à me rappeler comment naquit cette passion pour le dos, et, surtout, pour sa plus noble partie, la croupe. Seule certitude, je n'étais déjà plus puceau lors de cet événement capital. Mais j'enrage de ne plus savoir quel cul me fit assez grosse impression pour cristalliser à jamais dans ma libido cette monomanie fessière dont je suis depuis vingt ans l'esclave comblé.

Mes premières petites amies ne furent jamais dépourvues de formes, et leurs rondeurs callipyges œuvrèrent sans doute utilement à la naissance de ma vocation. Mais je dus attendre de rencontrer ma deuxième maîtresse pour découvrir la sodomie, ses charmes et ses périls.

Comme Christophe Colomb, je dus ma découverte à une erreur. Emporté par ma passion, je limais si frénétiquement Denise que ma verge sortit tout à coup du vagin ruisselant pour s'engouffrer, d'un même mouvement, dans l'anus voisin. La charmante, qui s'activait avec emportement, ne sembla pas s'apercevoir de la substitution, et je mis moi-même quelques secondes à comprendre que, par pure maladresse, j'étais devenu un infâme sodomite.

Cette révélation ne fut pas sans conséquence : dorénavant, je décidai qu'une femme ne m'aimait pas si elle me refusait ce petit cratère étoilé dont je caressais délicatement les fronces lors de mes premières approches.

Certaines se récriaient : c'était dégoûtant ! Mais leur indignation ne durait guère. Usant tour à tour de la parole et du geste, alternant les promesses de retenue et les insinuations lubriques, j'arrivais sans trop de peine à leur démontrer que leurs appréhensions ne se fondaient que sur de vains préjugés hérités d'une morale religieuse archaïque. La curiosité et le désir finissaient par l'emporter : un doigt, puis deux, préalablement lubrifiés par quelques caresses in vagino, ouvraient la voie à mon gland précautionneux et, une fois le gland passé, tout le reste suivait.

Les plus réticentes de ces dames n'étaient pas les moins acharnées à faire ensuite oublier leur pusillanimité première. Leurs fesses engloutissaient goulûment ce qu'elles avaient d'abord refusé, leur anus s'ouvrait sans pudeur, leur croupe pompait avec fureur, et elles finissaient par s'enculer pratiquement toutes seules...

Si ma mémoire ne me trahit pas, ma diplomatie ne connut pas d'échec, et aucune de mes enculées chéries ne me reprocha jamais d'avoir découvert entre ses fesses une source de plaisirs « honteux ». Quelques unes n'aimaient guère que j'en parle, et s'offusquaient de la moindre allusion au solide appétit de leur orifice postérieur ; mais si elles feignaient ne pas comprendre mes scandaleux compliments, elles n'en ouvraient pas moins leur joli cul à mes entreprises. La pudeur a ses mystères.

La honte a sans doute son rôle à jouer dans ces « plaisirs défendus ». Nous ne sommes pas pour rien les héritiers d'un siècle de puritanisme, et pour certains, et certaines, la sensation de péché pimente délicieusement les jouissances purement physiques.

Les atermoiements de la future sodomisée font déjà partie de mon plaisir. Non que j'ai le sentiment de « violer la nature », de « réduire ma partenaire à l'état de bête », ou autre foutaise moralo-perverse, en sodomisant une jeune femme réticente. C'est au contraire la confiance qu'elle me témoigne en surmontant ses appréhensions physiques et ses préjugés moraux qui me remplit de joie. J'ai le sentiment qu'elle se livre toute entière, et je l'en aime d'autant plus.

Les croupes épanouies m'inspirent toujours le même violent désir. Leurs fermes rotondités appellent irrésistiblement la perforation. Les culs maigres, en revanche, ne m'attirent guère.

Il y a là quelque inconséquence, car les agréments d'une sodomisation ne dépendent en rien du volume des fesses où elle s'accomplit.

Pour l'étroitesse, la chaleur et la complaisance, l'anus d'une maigre vaut bien celui d'une grosse. Même si des fesses charnues offrent au ventre de l'enculeur un coussin plus moelleux que celui proposé par une croupe encore en bourgeon, les plaisirs propres à la sodomie n'en sont guère accrus, car c'est de l'encerclement étroit de la verge par l'anneau du sphincter que naît l'essentiel de la volupté. Mais le désir a ses raisons que la raison ne connaît pas, et — stupidement, à n'en pas douter — c'est presque à contrecœur que j'encule les petits derrières...

Comme en toute matière, le mieux est l'ennemi du bien. L'excès de plaisir que prennent certaines femmes à se faire sodomiser métamorphose l'étroit passage de leur anus en un large tunnel dont la verge ne sent plus qu'à peine l'étreinte. Dilatation et lubrification se conjuguent pour démobiliser l'impétrant, qui a de plus en plus la sensation de baratter une motte de beurre trop longtemps exposée au soleil. Il faut alors ruser : en retirant tout le corps de la verge et en se bornant à entrouvrir le sphincter par de rapides incursions du bout du gland une ou deux minutes durant, on provoque un bienfaisant resserrement de l'anus ainsi agacé, et l'on peut repartir gaiement à l'assaut des profondeurs de la belle. La juste impatience de celle-ci devant ces manœuvres dilatoires ne doit pas être prise trop au sérieux, car la reprise en force d'un pistonnage complet animé d'une vigueur nouvelle en dissipera rapidement jusqu'au souvenir.

Le seul inconvénient notable de la sodomie tient à la propreté toute relative de l'anus de trop nombreuses femmes.

Un enculeur perfectionniste devrait imposer à sa partenaire un lavement, ou au moins une bonne défécation, préalablement à toute intromission. Mais les circonstances ne se prêtent que rarement à des préliminaires aussi triviaux, seules les femmes dotées d'une solide expérience comprenant à demi-mot que la merde n'est pas nécessairement excitante. On peut le regretter. Que quelques caillots brunâtres restent collés dans la couronne du gland ne me gêne guère ; mais que la verge toute entière soit badigeonnée de merde semi-liquide, et le dégoût me prend. Le temps d'aller à la salle de bains, et on a mis des taches partout !

Il faut bien reconnaître que les sentiments amoureux s'épanouissent malaisément dans une ambiance de cabinets mal tenus.

DE LA FELLATION

N'est pas bonne fellatrice qui veut.

La bonne volonté ne suffit pas, encore faut-il que la technique suive. De mes vingt partenaires, trois seulement manifestèrent une certaine habileté dans cet art difficile, et il n'y en eut qu'une pour atteindre à une parfaite maîtrise. Les autres se révélèrent, et restèrent, d'une désolante maladresse lorsqu'elles s'essayaient à cette figure fondamentale de l'art de l'amour.

Car il faut bien reconnaître que, de tous les orifices du corps féminin, la bouche est le plus apte à porter à son comble le plaisir que trouve une verge à s'y enfouir.

Elle offre au membre masculin un réceptacle idéal par sa chaleur et son humidité. La souplesse des joues et des lèvres lui permet de se resserrer à volonté autour du gland ou de la hampe. La langue lui assure une incontestable supériorité sur le vagin : par ses facultés de léchage et de polissage, ce précieux organe suscite dans la muqueuse du gland des sensations autrement intenses que celles dispensées par les parois du vagin.

Mais, la perfection n'étant pas de ce monde, les dents constituent, hélas, une redoutable menace pour le bourgeon de chair hypersensible qui ose s'aventurer entre leur double herse.

L'art de la fellation revient donc à combiner harmonieusement l'action des lèvres, de la langue et des joues, tout en faisant oublier l'existence des dents.

Les lèvres et la langue jouent les premiers rôles, mais l'intervention des joues, se resserrant à volonté autour du gland, n'est pas négligeable. Les mains de l'opératrice se révèlent aussi être de précieuses auxiliaires : en pressant la base de la hampe, en caressant les testicules et les cuisses, en visitant le périnée et l'anus, elles accroissent très sensiblement l'effet de l'action principale.

C'est évidemment pour son incomparable sensibilité que le gland se doit d'être le centre des opérations. Une bonne technicienne se gardera de le négliger au profit de la hampe ou des bourses, et sa muqueuse sera en permanence léchée, sucée, frôlée par la langue et les lèvres.

Lorsque les spasmes du corps de la verge annonceront l'éjaculation, la bouche se fera plus pressante, les joues se creuseront, les lèvres glisseront plus rapidement sur la chair luisante de salive, la langue s'enroulera avec vigueur autour de la couronne du gland. Le jaillissement du sperme, juste couronnement de tant d'efforts, arrêtera tout mouvement : la bouche se fera sage autour d'un gland devenu trop sensible, et se contentera d'avaler les quelques millions de spermatozoïdes qui rendent hommage à son excellence.

En ne recrachant pas le produit de ses bons soins, mais en s'en nourrissant, la femme confère une note presque religieuse à son action. Elle manifeste avec éclat son amour pour tout ce qui vient de son amant, dont elle reconnaît que le sperme est ce qu'il y a de plus précieux. C'est d'ailleurs tout à son avantage, car le sperme constitue un fortifiant renommé, dont le goût légèrement poivré n'est pas sans charme.

Une fellation réussie est un délice à nul autre pareil, et je garde une éternelle reconnaissance à celles de mes compagnes qui surent m'en offrir d'inoubliables.

Mais pour un succès, que d'échecs !

Le moindre coup de dent compromet toute l'affaire. La brutalité de la main, la dispersion de la langue sur des sujets mineurs — trop de femmes sont victimes du mythe de « la grosse veine bleue » —, la sécheresse des lèvres, une salive trop abondante, des joues paresseuses... un rien suffit à faire capoter l'entreprise.

Il m'est même arrivé de rencontrer des femmes

assez maladroites pour que, saturée de morsures, griffures, écrasements et autres supplices, ma verge choisisse de débander dans la bouche même de l'incapable.

DE L'AUTORITARISME

Actif ou passif dans l'amour ? Je me crois d'abord porté vers l'action, mais je n'en jurerais pas. Plus je vieillis, plus le doute s'installe.

Dans la fleur de mes vingt ans, je supportais avec peine les (rares) initiatives de mes compagnes. Si une femme s'offrait, ce n'était pas pour jouer les patronnes ! Je m'occupais de tout, et je m'en occupais bien : qu'elle jouisse et ne se soucie pas du reste !

Et, de fait, j'étais consciencieux. Je caressais, embrassais, léchais, pétrissais, mordais, écrasais... avec une infinie patience ; une fois installée dans le ventre de la dame, ma verge ne comptait pas sa peine ; l'éjaculation même ne diminuait pas mes efforts si je sentais ma partenaire encore en chemin et, la jeunesse aidant, je restais ferme au milieu du déplaisir d'un va-et-vient où mon gland se sentait plus limé que limant.

Sans verser dans la générosité, car je pensais tout de même à mon plaisir, je n'étais pas égoïste.

Pourvu qu'on me laissât la direction des opérations, chacun serait satisfait.

Mes conquêtes — ainsi que les appelait l'innocence de mon âge — ne semblaient pas trop mécontentes. Jeunes, et donc encore pudiques, elles ne se répandaient pas en compliments, mais ne me quittaient pas non plus, et me trompaient à peine. A une époque où naissait le féminisme militant, une telle conduite valait tous les brevets de satisfaction.

Je suis aujourd'hui moins assuré de mes anciens mérites. L'inexpérience relative de mes camarades de jeux, leur sentimentalisme, leur exaltation à braver les tabous familiaux, contribuaient sans doute autant à leur plaisir que mon zèle d'amant « actif ». Ce que nous prenions pour « la jouissance » n'en était peut-être que les prémisses. Ce que je sais maintenant, que l'éjaculation n'est pas l'orgasme, et qu'il y a plaisir et plaisir, peut-être mes anciennes amoureuses le savent-elles aussi, et rient-elles aujourd'hui de la maladresse présomptueuse de leur jeune amant ?

Mais qu'importent les illusions passées ! L'essentiel, c'est que j'étais caresseur et non caressé, embrasseur et non embrassé.

J'aurais eu honte d'inverser les rôles. M'étendre aux côtés d'une femme, la laisser me déshabiller, accepter ses mains sur mon torse, mon ventre et mes cuisses, c'était inconcevable, car j'aurais eu l'impression d'être réduit à l'état d'esclave, de chose ou d'animal en peluche, et de n'être plus un homme. Une femme pouvait se soumettre aux initiatives de son amant sans perdre sa dignité, un homme non.

Il ne me serait donc pas venu à l'idée de réclamer des caresses, qu'on ne me proposait d'ailleurs pas.

A une seule exception près, toutes les femmes que je connus furent fort avares de caresses. Sans doute partageaient-elles avec moi un préjugé commun à presque tous les Occidentaux : l'homme concquiert, la femme se rend. D'où il résulte que la position naturelle de l'étreinte amoureuse, c'est celle du « missionnaire », où l'homme écrase de tout son poids la femme écartelée...

Ni elles ni moi n'avions lu le Kama-Soutra ou le Jardin parfumé, où les femmes déploient plus de virtuosité amoureuse que les hommes — une virtuosité toute tendue vers le plaisir de l'homme —, mais les aurions-nous lus que nous n'y aurions rien compris : le plaisir de l'homme ne tient-il pas à la seule éjaculation, et celle-ci ne survient-elle pas sans problème après quelques énergiques allées et venues in vagino ?

Toute l'audace de mes partenaires se résumait à accepter de subir certaines pratiques réputées vicieuses ou dégoûtantes (sodomie, soixante-neuf, cunnilingus, etc.). Guetter la montée du désir de leur compagnon, s'occuper de son plaisir, déclencher sa jouissance, il n'en était pas question.

Je ne leur en veux pas. Je ne leur demandais rien, et leur méconnaissance de la sexualité masculine — que je partageais — se fondait sur deux mille ans de tradition chrétienne et un siècle de puritanisme.

La très relative « libération des mœurs » eut tout de même ses bons côtés : une femme « libérée » ne pouvait décemment refuser de rendre en « pipes » ce qu'elle recevait en « broute-minets ». S'émanciper, c'était aussi bouger un peu son derrière, crier librement, dire des gros mots.

Lorsque mes partenaires avancèrent en âge, j'eus donc droit à quelques fellations.

Je subis ces premiers suçotements plus que je ne les provoquais. La bouche qui engloutissait mon gland dévorait aussi ma fierté.

Les yeux fermés par la honte, le cœur à 140, le ventre tétanisé, les jambes parcourues de spasmes et la verge au bord de l'explosion, je me sentais tomber dans un abandon fort peu viril. Je ne menais plus le jeu, j'étais le jouet, et je ne savais plus très bien ce qui dominait en moi du plaisir ou de l'irritation. Plaisir fantastiquc de cette chaleur liquide où mon gland s'épanouissait, irritation d'être réduit à une muqueuse éperdue de jouissance.

Je fus souvent sucé par complaisance, rarement

par désir. On me rendait mes politesses, sans dégoût mais sans empressement. On aspirait bravement, on s'essayait à quelques fioritures peu compromettantes, on bavait beaucoup, mais on se refusait tout net à avaler le produit de tant d'efforts. Comme si le sperme écœurait.

Cette répugnance à aller jusqu'au bout excluait tout enivrement de l'officiante, qui gardait la tête froide. On voulait mon plaisir, mais on ne le partageait pas.

Seule Brigitte aima ma verge et mon sperme pour eux-mêmes.

Initiée à la fellation avant de l'être au coït, selon ses dires, elle s'y livrait toute entière, y prenant un plaisir égal à celui qu'elle donnait. Sans être particulièrement experte, sa bouche savait travailler autant pour moi que pour elle. Sa langue se nouait autour de mon gland, ses lèvres coulissaient avec gourmandise sur le prépuce, son nez chatouillait malicieusement mon ventre ou mes couilles. Lorsque mon membre tressautait dans les prémisses de l'éjaculation, le corps de Brigitte se tendait sous la montée de son propre orgasme, et nous jouissions ensemble.

Le plaisir partagé vaut mieux que le plaisir donné : on s'y enfonce ensemble, en égaux, sans que l'un domine l'autre.

Je m'avoue pourtant amant autoritaire. Respectueux de la liberté d'autrui dans la vie quotidienne, j'abandonne mes principes aussi allègrement que mon slip dès que je grimpe dans le lit d'une femme.

Dans la sonate à deux instruments que nous allons jouer ensemble, je me réserve de donner le rythme et de décider de l'ordre des mouvements. La succession des caresses, le choix des positions, les variations pour un ou deux doigts, les solos de langues... tout doit dépendre de ma seule fantaisie. Ce corps livré à mon désir n'attend sa jouissance que de mes entreprises, et non d'initiatives personnelles déplacées. Toute réticence fait injure à ma conscience professionnelle d'amant expérimenté et amoureux.

Autorité n'est par tyrannie. Lorsque ma partenaire oppose à l'une de mes suggestions une fin de non-recevoir définitive, je n'insiste pas. Une résistance provocante, des embarras lascifs ou des atermoiements de coquette ne me détournent évidemment pas des objectifs que je me suis fixé — tout au plus feins-je une hésitation, discret hommage à une pudeur que l'on va me sacrifier — mais un vrai refus m'arrête sur-le-champ. Je me fais pressant, j'argumente, je déploie des trésors de persuasive tendresse, mais je m'interdis toute brusquerie évoquant le moindre semblant de contrainte physique. L'amour veut l'entente, et non la violence, et si l'entente est impossible, je renonce à l'amour.

Si je veux choisir seul la route qui nous mènera au plaisir, ce n'est nullement par égoïsme de mâle pressé de jouir. Ma jouissance exige d'abord celle de ma partenaire, car c'est dans l'orgasme de celle-ci, dans son visage lavé par le plaisir, dans le tumulte de ses gémissements, dans les sursauts de son ventre, que mon corps exultera.

Qu'elle s'abandonne à mes mains, ma bouche et ma verge. Qu'elle plie son corps aux postures que je lui dicte. Qu'elle se concentre sur les sensations que je lui dispense. Qu'elle se livre totalement, et nous planerons ensemble.

Mais qu'elle se mêle de diriger mes mains, d'interdire à ma bouche certains baisers, de refuser les mouvements que je lui suggère, d'imposer ses propres rythmes, et l'étreinte devient gymnastique fastidieuse, que je n'exécute plus que par politesse.

Rien de pire que les ordres du genre « plus vite, arrête-toi, un doigt dans le cul, suce mon oreille, dis-moi des cochonneries »... auxquels on obéit avec l'enthousiasme d'un soldat faisant l'exercice, car ils impliquent un sang-froid exclusif de toute émotion amoureuse. Je ne suis pas une mécanique à faire jouir dont on peut à volonté diriger les prestations, style vibromasseur à trois vitesses, mais un homme amoureux.

Le succès ne couronne pas toujours cette stratégie autoritaire, mais, lorsqu'il survient, son éclat fait oublier les cafouillages préliminaires. Et il survient assez souvent pour justifier mon absolutisme.

Ne prétendant nullement au titre de Napoléon du coït, je n'en suis pas non plus le Gamelin. J'ai vécu d'incontestables échecs, dont ma réputation souffrit à juste titre, mais j'ai aussi connu de vraies réussites. Honnêtement, je pense que plus de la moitié de mes partenaires n'eurent pas trop à se plaindre de mes services.

Tout compte fait, mon tempérament d'amant directif sert autant mes maîtresses que moi-même.

On pourra m'objecter que, comme tout macho qui se respecte, je tiens pour « éclatante réussite » ce qui ne fut que bienveillante comédie.

Qu'une femme agite frénétiquement ses hanches, plante ses ongles dans les fesses de Monsieur, feule comme une tigresse en rut, et conclut cette sauvage pantomime par un brutal relâchement de tout le corps accompagné d'un sonore soupir de satisfaction, Monsieur pensera immanquablement l'avoir expédiée sur la plus haute cime du plaisir. Monsieur est un naïf. Chacun sait que les femmes les plus sincèrement amoureuses savent — soit désir de mettre fin à une agitation sans saveur, soit affectueuse commisération pour leur maladroit bien-aimé — feindre à la perfection un plaisir qu'elles n'éprouvent pas.

J'ai pu, moi aussi, être victime de cette farce, et jouer les matamores en toute innocence, je n'en disconviens pas. Mais, outre que je ne regrette pas ces faux succès, car ma vanité y trouva son compte, je suis bien certain qu'ils ne furent pas tous mes succès. Certains signes physiques ne trompent pas : une femme peut crier à volonté, mais elle ne commande pas aussi aisément ses sécrétions intimes, les frissons de sa peau, la dilatation de ses voies naturelles. Et personne ne joue la comédie des mois durant, jour après jour, nuit après nuit.

DU VIOL

Le temps de mon adolescence était celui du flirt « poussé », la peur de la grossesse opposant au désir masculin une barrière autrement impénétrable que l'hymen le plus résistant. Les demoiselles de bonne famille, dûment chapitrées par leurs saintes mères, finissaient par livrer leurs seins, leurs cuisses, leur toison, et jusqu'à leur clitoris, mais interdisaient avec la dernière fermeté l'accès de leur vagin.

Que de moites après-midi consumées en tripotages effrénés, que de soirées passées, sous prétexte de danse, à se frotter éperdument ! Que de mains poisseuses et de slips collants !

Ces interminables séances de flirt m'excitaient furieusement, mais, à force de me priver de l'essentiel, finissaient par susciter dans mon cerveau enfiévré de dangereuses pensées. Pourquoi ne pas utiliser la surprise ou la force pour obtenir enfin ce qui, en bonne justice, aurait dû récompenser depuis longtemps ma courtoise, mais trop longue, patience ? Pourquoi accepter comme une faveur cet interminable supplice, traiter en Vestale ces impudentes femelles, et donner du plaisir à qui nous le refuse ?

La belle Louise, distinguée représentante de la bonne société de Neuilly, menait le jeu si loin que je finis par craquer.

Brandissant sa virginité comme le Saint Sacrement, elle poussait la perversité jusqu'à accepter de laisser non seulement ma main mais ma verge caresser son entrecuisse. Tenant mon membre d'une poigne assurée, elle contrôlait avec soin le glissement du gland le long de ses grandes lèvres ; elle s'en agaçait le clitoris, s'en chatouillait le périnée, et le laissait même parfois s'engager d'un ou deux centimètres dans son vagin. Arc-bouté au-dessus d'elle sur des coudes et des genoux tremblants, je vibrais de surexcitation, embrassais ses seins, mordais son cou, et lorsque je finissais par éjaculer dans sa maigre toison, je me consolais en pensant « la prochaine fois, elle me laissera aller jusqu'au bout ».

Car j'étais convaincu que ce petit jeu ne visait qu'à me rendre toujours plus amoureux, et que Louise, à son heure, le concluerait par une reddition complète. Je n'avais qu'à patienter jusqu'à ce qu'elle-même n'en puisse plus. Comme j'étais décidé à pratiquer le coïtus interruptus (auquel j'étais surentraîné !) et que je trimballais toujours avec moi une petite poire à injection, je ne risquais pas, le grand jour venu, d'hésiter pour cause d'éventuel engrossement.

Mais les semaines passaient, et ma tortionnaire ne faiblissait pas. Face à mes adjurations, à mes supplications, elle promettait beaucoup, mais trouvait toujours un prétexte de dernière minute pour ne pas s'exécuter.

Aussi, un soir où nous en étions arrivés au stade ultime de nos petits jeux — mon gland glissé entre ses petites lèvres et délicieusement massé par l'étroitesse de l'entrée de son vagin — décidai-je d'en finir. Relâchant brusquement la tension de mes bras et de mes cuisses, j'aplatis mes 80 kilos sur le ventre de Louise, et ma verge, glissant entre les doigts qui prétendaient la brider, s'enfonça de toute sa longueur dans le vagin bien huilé, dont l'hymen, vraisemblablement déjà sérieusement entamé par les mauvaises habitudes de Louise, n'offrit aucune résistance.

Ma toute nouvelle maîtresse se débattit avec fureur, mais elle avait beau battre des jambes, se démolir les reins en ruades désespérées, me bourrer les flancs de coups de poings, m'empoigner par les cheveux, je l'avais trop bien enclouée pour qu'elle m'échappe. Sa résistance ne faisait qu'augmenter mon plaisir : je tenais ma revanche, je la dégustais à petits coups, et c'est le gland abuté tout au fond de son ventre que je ne tardai pas à éjaculer glorieusement.

A ma grande surprise, ma victime n'éclata pas en imprécations vengeresses. De retour de la salle de bains, elle m'annonça froidement que ma « maladresse » n'avait eu, Dieu merci, aucune conséquence malheureuse, puisqu'elle venait de constater qu'elle était toujours vierge. Elle poursuivit ce beau discours en m'expliquant qu'elle ne pouvait tout de même pas prendre le risque d'un nouvel incident de ce style, et qu'elle était donc au regret de devoir mettre un terme définitif à nos aimables relations.

J'étais trop stupéfait pour répondre et, de toute façon, il eût été peu galant d'insister sur le caractère péremptoire des taches de sang maculant le drap. Je me tins donc coi pendant qu'elle se rhabillait et s'en allait, drapée dans sa dignité de « pure jeune fille ».

Louise ne manquait ni d'allure ni d'intelligence. En niant carrément la réalité, elle m'enlevait toute chance de me justifier par la mise en accusation de son propre comportement, et elle s'évitait de médiocres larmoiements sur sa virginité perdue. Je l'avais prise à son propre jeu, mais c'était tout de même elle qui triomphait.

C'est le seul viol que j'ai à me reprocher, mais, toutes réflexions faites, je n'arrive pas à le regretter.

DE LA LUBRIFICATION

Je m'étonne toujours de lire dans les romans pornographiques que « l'homme crache sur sa verge » ou l'enduit de vaseline, de beurre ou de tout autre corps gras disponible, pour pénétrer la femme qui s'offre à lui. Ces apprêts peu romantiques dénoncent une déplorable sécheresse du vagin de la partenaire, preuve évidente du manque de désir de celle-ci.

Comment peut-on baiser une femme qui ne vous désire pas ?

Si les mots d'amour et les gestes d'abandon mentent aisément, un vagin ne triche pas. Sec, il se refuse ; humide, il attend ; ruissellant, il jouit. Sous l'effet du désir, toutes les femmes ne se lubrifient pas avec la même générosité : certaines ne sont que rosée légère, d'autres raz de marée, mais aucune, sauf infirmité physiologique ou perversité mentale, ne marie sécheresse et excitation.

Mon propre sexe ne réagit pas autrement. Même en érection, ma verge ne se lubrifie convenablement que si je suis vraiment excité. Il y a des érections machinales — celle du réveil, entre autres — dues à des phénomènes sans rapport avec le désir : envie de pisser, contention excessive du slip, excès d'alcool... Rien d'étonnant alors à ce que mon gland reste sec.

C'est particulièrement vrai lorsque je bande mou, mais ce peut l'être aussi lorsque je bande dur, et même très dur.

Si je n'ai pas envie de faire l'amour mais que l'on me tripote avec suffisamment d'adresse, je bande presque à coup sûr, mais je lubrifie fort chichement ; et si l'on tente, d'une main autoritaire, de m'enfourner sans autre préambule dans le vagin qui s'impatiente, je peine à y pénétrer. N'étant pas assez mufle pour me retirer, je parviens en général à remplir la cavité offerte, mais c'est au prix d'une pénible impression d'écorchement du gland (il arrive que ce ne soit pas seulement une impression !).

De telles étreintes montrent bien la sagesse du corps, et ma verge est plus raisonnable que ma politesse. A entrer contre son gré, on ne trouve que déplaisir et frustration.

Un gland convenablement huilé est une condition au moins nécessaire à un accouplement mécaniquement satisfaisant, mais il n'y suffit pas. Encore faut-il que le ventre qui l'accueille soit dans le même état. Remplacer la lubrification naturelle par des ersatz (salive, vaseline, crème) c'est brûler les étapes.

Si l'on reste sec, c'est que l'on ne se désire pas assez, et la salive n'est pas le désir, il faut attendre, et attendre, c'est se caresser, s'embrasser, se sucer, se mordre, se chatouiller, se humer, et que sais-je encore... Et si l'attente ne débouche sur rien, si les sources restent décidément taries, il faut se quitter bons amis, en s'évitant les déceptions d'un coït de convenance.

DE LA DÉFLORATION

J'appartiens à une génération qui attachait une certaine valeur sentimentale à la virginité d'une femme.

Une femme n'offrait pas son pucelage à n'importe qui car elle offrait son cœur en même temps. Tout homme un peu délicat se devait donc d'accepter le cadeau avec gratitude et fierté. Et, l'affaire faite, ce serait avec émotion, sinon dévotion, que l'heureux dépuceleur évoquerait l'inestimable sacrifice qu'on lui avait consenti.

Les temps présents sont plus réalistes. Les femmes n'offrent plus leur virginité, elles s'en débarrassent.

Aussi les plus sages se gardent-elles de choisir pour la corvée un homme auquel elles s'intéressent vraiment, car on leur a trop répété que l'opération laissait, le plus souvent, de mauvais souvenirs.

J'ai dépucelé trois femmes. Elles appartenaient à la même génération que moi, mais l'une n'était plus qu'à demi vierge, et les deux autres avaient une mentalité très en avance sur leur époque.

Pour deux d'entre elles (Leslie et Louise, dont j'ai déjà parlé), ce fut fait en un clin d'œil. Leur hymen n'offrit pas plus de résistance à ma verge qu'une cloison de papier à une perceuse électrique, et s'il n'y avait pas eu saignement, je ne me serais douté de rien. Elles rompirent ensuite nos relations aussi prestement que j'avais rompu leur petite membrane.

Ma troisième « victime » nécessita, au contraire, des attentions prolongées : je dus batailler deux jours avant d'arriver à emporter l'obstacle !

Un véritable cauchemar.

La plus précautionneuse des poussées de mon membre s'accompagnait de cris de porc qu'on égorge, et je me faisais l'impression d'être un bourreau plutôt qu'un amant. J'aurais volontiers renoncé à ce nouveau travail d'Hercule, mais la demoiselle ne voulait rien savoir. Elle entendait, à toute force et à tout prix, « devenir une femme », et elle comptait sur ma tendresse pour lui faire accomplir cette difficile métamorphose. Et j'étais si beau, si viril, je n'allais pas la décevoir...

Englué dans ces compliments malhonnêtes, je me remettais vaillamment au travail et, à force de vaseline et d'obstination, je finis par percer.

Un mois plus tard, la nouvelle « femme » me prouva sa reconnaissance en allant offrir son vagin enfin parfaitement fonctionnel à l'un de mes amis, qui accepta le cadeau sans se faire prier.

Ces trois expériences me convertirent à l'esprit moderne : le dépucelage est une corvée, et je laisse à plus charitables que moi la gloire d'ouvrir ces dames aux plaisirs de l'amour.

DE L'ÉGOCENTRISME FÉMININ

Il m'est trop souvent arrivé d'éprouver le sentiment d'être un objet sexuel que ma partenaire utilise sans vergogne.

Cette femme qui s'offre ne fait que prendre. Elle m'extorque le plaisir qu'elle feint de me donner. Si elle me caresse, c'est pour jouir de la douceur de ma peau, de la fermeté de mes muscles, du velouté de mes couilles, et non pour lever en moi ces frissons de plaisir que mes mains et ma bouche cherchent à faire naître en elle. Et si elle me suce, c'est pour mieux durcir la verge dont elle entend bien se faire vigoureusement travailler par la suite.

Ce comportement discutable relève plus souvent de l'ignorance que de l'égoïsme.

Trop de femmes croient encore que l'homme ne tire son plaisir que de leur corps à elles. Plaisir frustre, au demeurant, puisque ce doit être, pour l'essentiel, celui d'éjaculer. Il leur suffit d'ouvrir les jambes, et l'homme jouira ! Toutes les facultés de jouissance du mâle seraient concentrées dans son membre, le reste de son corps demeurant quasiment insensible.

Il faut qu'une femme aime le corps de son amant pour lui-même pour que sa bouche et ses mains se décident à le découvrir dans toute sa réalité.

Lorsque ses mains ne se contentent plus de s'agripper férocement aux épaules ou aux reins de son cavalier, mais les explorent avec une voluptueuse patience, alors elle commence à aimer ce corps qui la chevauche, et non plus seulement à en jouir. Si sa bouche se fait savante, ses lèvres curieuses, sa langue espiègle, c'est qu'elle travaille non seulement à sa propre jouissance, mais aussi à celle de son amant, et les « je t'aime » chuchotés ou hurlés expriment enfin la vérité.

Plusieurs femmes ont cru m'aimer qui n'aimaient en moi que le plaisir physique qu'elles éprouvaient dans mes bras. Elles ne m'aimaient pas dans mon corps, dans ce qui est le plus authentiquement moi, et leurs étreintes ne faisaient pas illusion. Elles se laissaient aller entre mes bras, elles me consentaient même ce qu'elles appellaient des « sacrifices » — leur pudeur ! — mais elles ne ressentaient qu'indifférence pour les 80 kilos de chair et d'os qu'elles caressaient distraitement. Tout bien pesé, elles étaient folles de leur corps plus que du mien.

Sans vouloir me l'avouer, j'en étais blessé, et je me vengeais en les écrasant sous ma soi-disant supériorité intellectuelle. Je ne manquais pas une occasion de moquerie, j'insistais sur leurs faiblesses, je n'étais que sarcasmes et railleries. Car j'aurais voulu qu'elles aiment mon corps autant que j'aimais le leur, qu'elles cherchent mon plaisir autant que je cherchais le leur.

J'en ai même rencontré une qui exprimait son égocentrisme en toute candeur.

Héloïse considérait l'étreinte amoureuse comme une suite de manœuvres qui, bien dirigées, devaient infailliblement l'amener à l'orgasme. Ne voulant courir aucun risque, elle prit l'initiative de toutes les opérations. Les ordres se succédaient, que je devais exécuter sans retard. Rien n'était laissé au hasard : « Plus bas, plus haut, plus fort, ralentis, vas-y, ressors, rentre, un doigt seulement, mords-moi les fesses, accélère... »

Je reste stupéfait d'avoir pu me maintenir en érection dans de telles conditions.

Abasourdi par tant d'autorité, j'obéissais en tout, m'appliquais à ne pas décevoir, et fus presque content de moi lorsque, grâce à mes bons soins, Héloïse parvint à cet orgasme si bien programmé.

Mon plaisir fut, évidemment, à l'inverse du sien, et je ne renouvelai pas une expérience aussi frustrante. Je voulais bien être aimable, mais de là à me transformer en robot domestique... Mais je n'en tins pas rancune à Héloïse, car à défaut de me faire jouir, elle m'avait instruite : je comprenais mieux les femmes qui se plaignent de l'égoïsme de leur amant !

DE LA PRÉCIPITATION

S'il faut en croire l'opinion commune, la puissance virile d'un homme se mesure à sa capacité à renouveler rapidement ses galants assauts. Les fusils à un coup font pâle figure devant les carabines à répétition, et rien n'est plus humiliant que de faire long feu.

Ce pauvre Stendhal restera toujours marqué du sceau d'infamie de son fameux fiasco. Un homme viril se doit de bander souvent, longtemps, et à la demande. Romans et films évoquent à satiété les longues nuits d'amour dont les amants émergent avec les yeux battus et les traits tirés de qui n'a pas fermé l'œil de la nuit.

Je ne suis sans doute pas très viril, car je n'ai jamais passé une nuit ou un après-midi « d'amour » sans dormir au moins la moitié du temps.

Batifoler dans un lit pendant quelques heures avec une femme dont on vient de faire la connaissance ne relève certes pas de l'exploit, car l'attrait de la nouveauté fait oublier bien des fatigues. Une fois les beautés cachées de la dame dûment inventoriées, le temps passe moins vite. On ne s'ennuie pas, mais on n'a plus envie de s'éterniser dès lors qu'on a épuisé toutes les odeurs, toutes les saveurs, toutes les douceurs, et toutes les positions du manuel.

A parler franchement, les préliminaires peuvent s'expédier en quelques secondes ou traîner sur un quart d'heure, selon l'humeur ou les circonstances, mais ils n'atteignent qu'exceptionnellement à la demi-heure. Le coït proprement dit, source de fatigue autant que de plaisir, est souvent plus rapide encore : sa durée moyenne n'excède guère 5 à 10 minutes lorsqu'il se limite au vagin ; s'il varie ses plaisirs de l'anus au vagin, avec parfois un détour par la bouche, il peut se prolonger de quelques minutes, mais je fixerai le quart d'heure comme un grand maximum.

Autant dire qu'une demi-heure suffit généralement à boucler toute l'affaire, et encore s'agit-il d'une bonne affaire, car il en est qui s'expédient en deux caresses et trois poussées.

L'amour à la hussarde — deux caresses et trois poussées — me donne un plaisir violent, comme un verre de whisky avalé cul sec.

La jouissance explose comme une bombe dans le ventre et la tête, sa brièveté en renforce l'impact, et l'on a l'impression que le sperme jaillit à la pression d'une lance d'incendie. Les circonstances qui imposent une telle rapidité accentuent encore le plaisir qu'on en tire : on veut profiter d'une opportunité malgré la précarité de la situation — dans des toilettes publiques, dans un ascenseur, sur un balcon —, on se débraguette fébrilement, on brasse à la hâte les dessous d'une partenaire à demi paralysée par la peur d'être surprise, on s'enfonce brutalement dans un ventre frémissant, et on jouit. On se sent aventurier, risque-tout, soudard dans une ville conquise, et, lorsqu'on se rajuste, on est aussi détendu et heureux qu'après un violent effort sportif couronné de succès.

Sensations un peu infantiles, certes, mais indéniablement excitantes.

Je n'abuse pas de ces étreintes hâtives, car les femmes les apprécient rarement. Deux de mes maîtresses seulement aimèrent autant que moi ces moments de rut incoercibles ; les autres se laissaient faire mais ne participaient guère.

Les femmes sont plus lentes que les hommes à s'émouvoir, dit-on, et c'est sans doute vrai de la grande majorité d'entre elles : leur orgasme couronne les marathoniens plutôt que les sprinters. Aussi, en homme bien élevé, essayai-je habituellement de réfréner mes ardeurs et de transformer ma fougue, naturelle mais discourtoise, en une longue et galante patience.

« Durer », tel doit être le maître mot de l'amant attentionné, si l'on en croit ces dames. Noble ambition, mais difficile à satisfaire.

Les ethnologues racontent que certains fakirs indiens savent se maintenir en érection des heures durant, et n'éjaculer qu'à l'exact moment qu'ils ont choisi. Des pornographes bien de chez nous n'hésitent pas non plus à mettre en scène, dans leurs ouvrages libertins, de virils héros contrôlant à la seconde près le jaillissement de leur sperme.

Ces exploits me laissent songeurs, tant ils me paraissent hors de portée. Lorsque je sens le sperme commencer son ascension dans le corps de ma verge, il est déjà trop tard, et rien ne retardera plus l'imminente éjaculation. J'ai beau me figer en plein mouvement, penser aux factures qui s'entassent sur mon bureau ou essayer de m'assoupir, le flot s'enfle inexorablement jusqu'au déferlement final, le tout se réalisant en quelques secondes. Les objurgations même de ma partenaire, inquiète pour son propre orgasme, ne ralentissent en rien ce débandage prématuré.

Une fois allégé de son sperme, mon membre renâcle à poursuivre ses entreprises. Sauf cas exceptionnel, il débande rapidement dans le cul ou le ventre qui l'accueillait.

Lorsque ma compagne, prise de court, n'a pas eu le temps de jouir, elle doit s'activer sans perdre une seconde si elle veut encore profiter du reste de dureté du précieux organe : vigoureusement branlé par un vagin énergique, mon membre fait illusions quelques minutes encore, ce qui suffit, en général, à déclencher l'orgasme désiré.

Orgasme que je paye moi-même d'un certain déplaisir, car, après l'éjaculation, mon gland manifeste une telle sensibilité que les frictions précipitées auxquelles je l'astreins me donnent l'impression, parfois vérifiée, qu'on est en passe de m'écorcher tout vif.

A tous ces désagréments — éjaculation solitaire, partenaire frustrée, gland endolori — un seul remède : retarder au maximum le déclenchement du processus de l'éjaculation en bloquant la montée du sperme à son origine (les couilles), et non en chemin (la verge).

Les recettes de cette petite cuisine sont bien connues.

La plus évidente — penser à autre chose au plus chaud de l'action — est aussi, en ce qui me concerne, la moins efficace. Laisser ma pensée vagabonder loin du champ d'opérations me gâche seulement le plaisir de l'éjaculation. Sans doute mes spermatozoïdes sont-ils trop impétueux pour, une fois lancés, être ralentis dans leur course à l'ovule...

Pour tenter de contenir mes précoces débordements, j'ai indifféremment recours à trois méthodes, avec toutefois une préférence marquée pour l'une d'elles.

L'ingestion préalable d'une bonne dose d'alcool (du whisky le plus souvent) atténue notablement la vivacité de mes réactions physiologiques, phénomène catastrophique lorsque je conduis une voiture, mais bénéfique lorsque je chevauche une femme. Le corps s'enfonce dans une agréable paresse, les muqueuses perdent de leur sensibilité, et l'on peut limer longuement sans craindre un épanchement trop hâtif. On lubrifie gentiment, on se sent le gland bien au chaud, et l'on éjacule en prenant son temps, le sperme se faisant paisible rivière plutôt qu'aveugle torrent.

La méthode serait parfaite si elle n'exigeait un dosage redoutablement précis. On ne boit pas assez, et c'est comme si l'on n'avait rien bu. On boit trop, et l'on ne bande plus ; on risque même de s'endormir pendant les préliminaires — cela m'est arrivé une fois, et j'ai perdu le bénéfice d'une semaine de cour acharnée, la dame s'étant fort offensée des ronflements dont je saluais sa reddition !

Dégainer au premier symptôme s'avère une méthode frustre mais efficace pour calmer des ardeurs intempestives. Il y faut du sang-froid et de l'agilité : sang-froid pour ne pas se laisser abuser par de fausses alertes, agilité pour ne pas se faire prendre de vitesse. On ne doit pas confondre un frémissement de plaisir avec une déferlante spermatique, sous peine de passer son temps à se retirer précipitamment, puis, l'alerte passée, à regagner, avec mille excuses, le ventre accueillant mais perplexe, que l'on a quitté par trop de pusillanimité. On ne doit pas non plus trop présumer de sa vivacité en s'attardant dans une chaleur si voluptueuse que, le temps d'une dernière poussée de reins, le gland s'y liquéfie en jets spasmodiques que rien ne peut plus retenir.

Le but de la manœuvre ne consiste évidemment pas à se répandre sur le ventre de la dame (à moins que, faute de moyens contraceptifs modernes, on ait opté pour le coïtus interruptus), mais à se ménager une petite pause avant de repartir à l'assaut. La verge rafraîchie par l'air extérieur, le sperme bien sage dans les testicules, on reprend ensuite avec plaisir un jeu que l'on pourra prolonger à volonté, rien n'interdisant de réitérer la manœuvre.

On pourra aussi profiter de l'interruption pour changer de position : de la missionnaire on passera à la levrette, de dessus on ira dessous, couché on s'accroupira. L'essentiel restera de ne pas casser le rythme de l'étreinte, car, longues à s'échauffer, les femmes se refroidissent vite.

Ces allées et venues exigent donc une grande maîtrise de soi-même car, entre le trop tôt et le trop tard, la marge est étroite. Autant dire que je ne me risque guère à une pratique qui recquiert une virtuosité dont je ne me sens que rarement capable.

Reste la troisième méthode, qui conjugue simplicité et agrément, et dont l'efficacité vaut bien celle des deux autres. Tout homme un peu expérimenté l'aura reconnue : c'est la masturbation préventive, dite aussi « de politesse ».

Une heure avant de présenter ses hommages à une dame disposée à les agréer, on se fait une petite gâterie. Cela ouvre l'appétit, mais le modère aussi, et l'on pourra ensuite se montrer gourmand sans tomber dans la goinfrerie.

Si l'on se sent trop amoureux, et si l'on craint qu'une heure de délai ne permette une trop bonne récupération des facultés que l'on veut amoindrir, on attendra le dernier moment, et, les ascenseurs offrant toute la discrétion requise, c'est en se reboutonnant que l'on sonnera à la porte de l'aimée.

Certaines natures craintives m'objecteront qu'à répandre trop libéralement son sperme, on risque d'en priver sa légitime destinataire, qui pourra s'indigner de voir son soi-disant amoureux mettre deux heures ou plus à retrouver les forces nécessaires à une deuxième étreinte. Je leur répondrai que, pour ce qui me concerne, mes capacités érectiles et spermatiques me mettent à l'abri d'une telle mésaventure. Dans la fleur de mes dix-huit printemps, je pouvais éjaculer jusqu'à six fois en deux petites heures (record homologué lors de mon dépucelage, comme je l'ai déjà raconté), et si l'âge mûr m'a rendu plus modeste, je réalise encore facilement le triple saut lorsque ma partenaire sait me lancer sur la piste.

DE L'ONANISME

La masturbation traîne depuis vingt siècles une réputation détestable.

Le christianisme lui reprochait d'être un trop facile palliatif aux prurits de la continence, et la sanctionnait par l'enfer, à l'image de l'Onan biblique foudroyé par Yhavé. Les médecins européens des XVIIIe et XIXe siècles l'accusèrent d'être à l'origine des plus graves maladies (hystérie, anémie, consomption, stérilité, impuissance) et d'aboutir, pour les obstinés, à une mort misérable.

Cela fait pourtant plus de trente ans que je me masturbe avec constance plusieurs fois par semaine, et que je n'en ressens ni malaises physiques, ni troubles moraux.

Plaisir solitaire, certes, mais sûr, la masturbation vaut bien des étreintes bâclées ou insipides. Même manquée — ce qui est rare —, elle ne frustre que son auteur, alors que le ratage d'un coït laisse les deux partenaires aussi mécontents d'eux-mêmes que de l'autre.

Ses vertus ne se comptent plus : elle console de bien des solitudes, égaie les nuits d'insomnie, venge des caprices de l'aimée, crée un imaginaire mais inépuisable harem, confirme la bonne santé du précieux membre, accroît la durée de l'étreinte qui la suit, fête un succès inattendu. Bref, elle est au sexe ce que l'aspirine est à la médecine : la panacée.

Il existe presque autant de façons de se masturber que de faire l'amour. On recourra aussi bien à la pure action mécanique — frottements répétés du prépuce le long du gland — qu'aux inépuisables trésors de l'imagination — photos de pin up, films X, livres libertins — mais on pourra aussi marier sensations physiques et excitation intellectuelle — on se manuélisera tout en se racontant une histoire cochonne où l'on tient le premier rôle.

On enjolivera l'action principale par des caresses accessoires — doigt au cul, pincement de sein — à moins qu'on ne la réduise à sa plus simple expression — massage vigoureux et soutenu de la verge. On l'expédiera en trente secondes, ou on la fera durer une bonne demi-heure. On se satisfera d'une unique giclée de sperme, ou l'on poussera jusqu'à deux, voire trois, éjaculations successives.

Il est peu de circonstances qui l'interdisent catégoriquement. Si la solitude est son domaine d'élection, la compagnie d'autrui ne l'exclut pas nécessairement. Il suffit de détourner l'attention de son entourage de l'instrument du plaisir pour pouvoir utiliser discrètement celui-ci, c'est une simple question de sang-froid.

Le décor importe peu. Le lit lui offre son meilleur cadre, mais elle se contentera aussi bien d'une salle de bains, d'un couloir désert, d'une banquette de voiture, d'une salle de classe, d'une forêt.

Mon adolescence me vit expérimenter toutes sortes de techniques de masturbation, dans les lieux et aux moments les plus variés, mais, dès mes vingt ans, j'étais devenu l'adepte d'un seul rite, auquel je suis resté fidèle jusqu'à ce jour.

Je procède de préférence l'après-midi ou le soir, car je ne suis un homme du matin pour aucune activité sexuelle. Il me faut de la tranquillité, la possibilité de m'étendre, et un bon livre porno.

Allongé sur le ventre, je lis mes polissonneries favorites tout en frottant doucement ma verge dénudée contre le couvre-lit, ou le tapis (protégés par un linge quelconque). Mon excitation progresse au rythme de l'histoire que je lis, et c'est au dénouement que j'éjacule.

Il m'importe peu que le récit soit court ou long, ce sont les détails qui comptent. De même que les enfants aiment qu'on leur raconte toujours la même histoire, qu'ils connaissent par cœur mais ont toujours l'impression d'entendre pour la première fois, je reviens inlassablement aux mêmes livres, et aux mêmes pages dans ces livres, comme si mon cerveau s'était parfaitement conditionné : je bande à tel épisode, je mouille à telle expression, j'éjacule à telle image (les connotations sadiques ont un effet particulièrement foudroyant).

Je possède une douzaine de ces livres de chevet, pour la plupart des romans de petits maîtres des XIXe et XXe siècles, dont, certain qu'ils ne me décevront jamais, je me sépare rarement.

J'illustre ces précieux ouvrages par des photos de pin up tirées des magazines « de charme », genre *Lui* ou *Playboy,* que j'achète régulièrement. Je dote ainsi de fesses et de seins bien réels les personnages féminins dont les aventures romancées m'excitent tant. Mais je n'utilise jamais de photos pornographiques, sans doute parce qu'elles ne laissent pas assez de jeu à l'imagination et découragent toute tentative d'identification avec les personnages masculins qui y figurent.

Je ne conçois la masturbation que solitaire. Certaines de mes compagnes me proposèrent leurs services, mais je ne les y ai jamais encouragées, et lorsque les circonstances les poussèrent à passer aux actes, je n'y pris guère de plaisir.

Une séance de cinéma en amoureuse compagnie contraint souvent à se contenter d'une petite branlette, mais on se trouve alors dans les conditions techniques les plus difficiles : obligés à de furtifs mouvements de la main et du poignet pour ne pas alerter les voisins, on ne doit pas non plus faire de bruit, et tout trémoussement prolongé est exclu...

Si le branleur peut encore s'en tirer par un discret mais actif polissage du clitoris, la branleuse ne peut guère prétendre masser efficacement, un organe de 17 centimètres de développement sans éveiller l'attention de l'entourage immédiat. Masturber une vulve ne nécessite que deux doigts agiles alors que branler une verge mobilise toute la main, et bien rares sont les femmes au poignet assez souple pour que les mouvements de la main ne se répercutent pas dans tout le bras.

Autre handicap, le bruit. Le frottement d'un clitoris reste discret, alors que le glissement accéléré du prépuce sur un gland bien lubrifié évoque trop souvent la grande lessive de printemps.

Aussi, à demi paralysée par la peur d'attirer l'attention des autres spectateurs, la branleuse moyenne se contente-t-elle, en général, de vous broyer la queue d'une main de fer et d'essayer de vous arracher le prépuce par de lentes tractions ascendantes, le tout en se félicitant de son audace, de sa dextérité et de son altruisme !

Tout compte fait, et sauf exception, si l'on

est deux, on a bien mieux à faire que de se masturber.

Je me masturbe par plaisir, et non par « besoin physique ».

Il m'arrive de rester des semaines, et parfois des mois (pendant les vacances, en général) sans éprouver aucune envie masturbatoire, alors que d'autres périodes me voient m'activer plusieurs fois par jour.

La fréquence de mes épanchements ne dépend en rien de mes autres activités amoureuses : je peux faire l'amour tous les jours et me masturber au même rythme, alors que la continence la plus stricte ne me précipite pas nécessairement dans une frénésie d'onanisme.

Aucun rapport non plus entre l'intensité de mes activités solitaires et la fréquence de mes rêves érotiques.

Ce n'est donc pas ma constitution physique masculine qui me pousse à répandre aussi libéralement mon sperme à mon seul bénéfice, mais le goût d'un plaisir toujours renouvelé. Plaisir dont je jouis en toute bonne conscience, à tel point que j'avoue bien volontiers, à qui me le demande, que je suis un masturbateur convaincu, persévérant et heureux.

DU MANQUE D'IMAGINATION

Trente années d'activité sexuelle ne m'ont pas permis d'épuiser toute la gamme des exercices recensés par les bons auteurs. Non par défaut d'occasions ou de temps, mais par manque de goût.

Que je le doive à mon éducation ou à ma constitution naturelle importe peu, le fait est que je me sens irrévocablement hétérosexuel. Jamais un corps masculin n'a levé en moi le moindre commencement de désir, et je crois que le plus bel éphèbe du monde me laissera toujours indifférent. J'ai cohabité trois longues années avec un fort beau spécimen d'homosexuel, et bien qu'à l'époque je fusse resté longtemps sans maîtresse, je ne fus jamais tenté d'acquiescer aux courtoises offres de service de mon compagnon.

Je pense parfois que cette indifférence limite absurdement le champ de mes plaisirs — la moitié de la population ! — mais la première jolie femme qui passe a tôt fait de dissiper ces regrets.

La pédophilie, l'ondinisme, la coprophagie, la zoophilie et autres perversions recherchées ne m'inspirent qu'indifférence ou dégoût. Si certains esprits forts aiment sodomiser leur caniche ou se faire arroser d'urine par leurs belles, c'est leur affaire. Je ne les juge pas, mais ne les imite pas non plus.

Le masochisme n'est pas mon fort.

Inévitablement, certaines de mes compagnes se laissèrent aller, dans l'emportement de leur plaisir, à quelques brutales manifestations de tendresse : on me griffa le dos et les fesses, on me mordit le cou ou le gras de l'épaule, on m'arracha des touffes de cheveux, et j'en passe. Ces débordements ne provoquèrent pas les gémissements de plaisir auxquels s'attendaient sans doute mes tortionnaires, mais des grognements irrités et des sursauts convulsifs où la jouissance n'avait aucune part.

Quant à jouer les esclaves, à se laisser affubler d'une muselière ou d'un collier de chien, ou à se faire sodomiser par un godemiché, même sans pousser le jeu jusqu'à la souffrance, ce n'est pas non plus ma tasse de thé !

Je me suis longtemps cru des tendances sadiques. L'autoritarisme que je manifeste dans l'étreinte, la brutalité de certaines de mes courses à l'orgasme, ma propension à malaxer les parties charnues de ma partenaire, en seraient des symptômes révélateurs. Mais la plus troublante des présomptions reste mon goût immodéré pour les histoires de viol : toute évocation journalistique, livresque ou cinématographique d'une femme en proie aux assauts d'un ou plusieurs mâles sans scrupule gonfle immédiatement ma verge d'une superbe érection.

Mais présomption n'est pas preuve, et je pense aujourd'hui que mon sadisme relève du pur fantasme. Cette conviction tient à un incident et un constat.

L'incident, grotesque, eut lieu au cours de ma liaison avec Brigitte, une des femmes avec qui j'ai le plus fait l'amour.

Un jour que nous reprenions haleine entre deux tumultueuses séances, elle me tendit, dans le même mouvement, une cravache et sa croupe. Amoureux comme je l'étais, je crus impossible de refuser de satisfaire un caprice somme toute sans conséquence — personne n'est jamais mort d'une fessée — et, tout en retenant à demi mon bras, je donnai à la coquine ce qu'elle demandait. Le premier coup fut le dernier : il lui fit assez mal pour qu'elle me traite de brute et que je me sente furieux contre moi-même. Je lui rendis la cravache sans mot dire, et il ne fut plus jamais question entre nous de cette excentricité. La victime n'était manifestement pas plus douée pour le masochisme que son bourreau pour le sadisme.

Le constat est plus probant encore.

Plus j'avance en âge, et moins j'aime brutaliser ma partenaire. Rouler ma pesante masse de mucles, d'os et de graisse sur un délicat corps de femme, ou faire de son ventre un tambour où mon abdomen sonne la charge, ne m'excite plus guère. J'apprécie maintenant les étreintes tout en douceur, où l'on déguste les mille délices du corps de l'autre : la verge s'insinue, mais ne force pas, se promène mais ne défonce pas ; les mains caressent, polissent, effleurent, et oublient de pétrir ou de griffer ; les poussées du bassin se font amples plus que violentes.

Il m'arrive évidemment de prendre le grand galop si ma compagne de jeux est de celles qui apprécient une certaine rudesse dans l'étreinte, mais je n'y trouve plus le même plaisir.

Bref, tout doit être calme et volupté.

Reste le problème des étreintes collectives, si prisées de nos modernes libertins.

Bien qu'habitant Paris, je ne me suis jamais rendu au Bois de Boulogne pour y jouer au satyre sylvestre en compagnie de la gentry parisienne. Je n'ai jamais non plus tenté de persuader mes maîtresses de faire participer à nos jeux leur meilleure amie ou l'un de mes vieux copains.

J'ai même refusé de profiter, dans une soirée où tout le monde avait beaucoup bu, du don d'elle-même qu'une des jeunes femmes faisait libéralement, et indistinctement, dans la chambre du maître de maison. On m'y encourageait pourtant, hommes et femmes commentant avec force ricanements les appétits de cette complaisante personne, mais le dégoût me prit et, malgré les sarcasmes, je m'en tins à mon rôle de Joseph.

Dans l'abstrait, cependant, la perspective de participer à une partouze ne me rebute nullement. Les descriptions d'orgies ne sont pas sans m'exciter, et j'ai toujours bandé au spectacle des « Nuits de Caligula » ou des « Aventures de Lucrèce Borgia ». Bien plus, l'idée de plusieurs hommes possédant simultanément la même femme, au besoin en l'y forçant un peu, compte parmi les plus efficaces adjuvents d'une masturbation réussie.

Mais je crois cette attirance, comme celle du viol, purement fantasmatique. Je suis tout à fait incapable de passer aux actes. La réalité est trop triviale, toutes ces fesses à l'air sont plus ridicules qu'excitantes, et j'ai trop de vanité pour accepter de n'être considéré que comme une queue parmi d'autres. Même pour une étreinte sans lendemain, je prétends être aimé dans ma totalité, et je n'admets pas qu'une femme se réduise à ses seuls orifices.

Telles sont, du moins, les raisons que je me donne de n'avoir jamais cherché à concrétiser mes vagues impulsions partouzardes.

Ce rapide inventaire me définit, a contrario,

comme un mâle d'un classicisme accablant. Quel manque de fantaisie, quelle banalité dans le comportement amoureux ! Pas la plus petite originalité, pas le moindre vice intéressant !

Aucune femme n'a jamais eu l'impolitesse de m'en faire ouvertement reproche, mais certaines ont dû s'ennuyer ferme.

DU BAVARDAGE

Fort bavard dans la vie de tous les jours, je me tiens coi en coïtant.

C'est pur égoïsme de ma part, car la plupart des femmes que j'ai connues me demandaient de leur parler au moment psychologique. « Dis-moi comme tu es bien ? », « tu m'aimes ? », « tu me sens ? », combien de fois ai-je entendu ces mots simples, et si chargés d'émotion ? J'y répondais, certes, mais chichement, et de mauvaise grâce : je donnais dans le style « mais oui, je t'aime » ou « tu es belle, tu es à moi », répétés deux ou trois fois entre deux halètements, pour faire plus vrai. J'avais honte de cette fausse sentimentalité dont je déguisais la rusticité de mon désir physique, mais comment faire autrement ? Comment dire « on baise, c'est déjà beaucoup, ne jouons pas à Roméo et Juliette » à une femme qui vous donne son corps et un peu de son cœur ?

Il m'arrive tout de même de laisser échapper quelques mots au plus fort de mes embrassements, mais c'est alors mon cœur qui déborde. Je me sens follement amoureux, j'aime tout de cette femme, mon plaisir est trop intense, et il faut que je le lui dise. J'abandonne toute pudeur du cœur et du corps, comme si ce n'était plus moi qui parlait, mais un double entièrement livré à ses sensations et à ses sentiments, et purgé de toute inhibition.

Un double très amoureux, mais peu policé, qui ne donne pas dans l'élégie ou le lyrisme, mais dans l'interjection crue ou l'interrogation simpliste : « Tu me sens bien ? Vas-y, encule-toi ! Je te prends, je grossis dans ton ventre... Jouis sur ma queue, jouis. » Bref, un vocabulaire d'une pauvreté consternante, mais si passionnément modulé qu'il fait fort bien passer le message. C'est le ton qui fait la musique, et les rares femmes qui eurent le privilège d'ouïr mes aubades en parurent électrisées.

Si je ne parle qu'exceptionnellement, je crie bien volontiers.

Mes éjaculations aiment à s'accompagner d'un râle profond, et fort peu discret, dont toutes mes partenaires se sont étonnées, lorsqu'elles ne s'en effrayaient pas. Selon une de mes amies chasseresse, je brâme comme un cerf en rut.

Je suis capable d'atténuer, voire d'étouffer, cette sonore manifestation de plaisir si les circonstances l'exigent — étreintes champêtres, fellations cinématographiques... — mais je ne m'y résouds pas volontiers. A jouir en silence, j'ai l'impression de jouir à moitié, comme si mes poumons devaient impérativement se vider en même temps que mes couilles.

L'impudeur des gestes n'exclut pas la pudeur des mots. Je n'ai jamais pu avoir avec une de mes maîtresses une franche conversation sur les agréments, ou les désagréments, de nos exercices amoureux. Je l'ai toujours regretté, car, en bien des occasions, quelques éclaircissements sur mes compétences n'auraient pas été de trop. Les grimaces, gémissements, spasmes, alanguissements et autres réactions à mes caresses ne sont pas toujours exempts d'ambiguïté, et je suis convaincu de les avoir mal interprétés plus d'une fois. Que d'étreintes frustrantes, que d'orgasmes gâchés par manque d'informations fiables !

Si ma timidité a lésé mes partenaires, j'en ai moi-même été puni dans mes plaisirs. Je n'ai jamais osé dire que je détestais que l'on me gratte les testicules pendant dix minutes, que l'on me lacère le dos ou que l'on me bave dans l'oreille. Je n'ai que fort rarement suggéré que l'on me lèche le gland ou que l'on m'agace le périnée à petits coups de langue.

Cette pusillanimité, que je me suis toujours reprochée mais n'ai jamais pu vaincre, ne disparaissait même pas dans l'emportement de mes étreintes avec Brigitte. Au plus fort de la passion, je me laissais parfois aller à l'encourager à persévérer dans ce qu'elle faisait, mais je ne me résolvais pas à lui demander d'entreprendre autre chose.

Laconique durant l'action, je suis enclin à plus d'éloquence pendant la pause post-coïtale. La cigarette aux lèvres et le verre à la main, confortablement étendu près de la charmante, je suis tout prêt à discuter de la qualité de nos prestations. Autant je me garde des questions présomptueuses du style « tu as aimé ? tu as bien joui ? », autant je suis curieux de toute critique constructive. Et je ne détesterais pas de pouvoir donner aussi mon avis.

J'ai parfois essayé d'entamer de telles conversations, mais aucune de mes compagnes n'a jamais osé profiter de mes ouvertures. Les plus amoureuses me fermaient la bouche d'un baiser, les autres se ruaient sur le bidet ou le frigidaire, toutes me faisaient clairement sentir l'inopportunité de mes allusions.

Toutes les vérités ne sont pas bonnes à dire entre amants, mais faut-il vraiment ne rien dire du tout ?

DE L'IGNORANCE

La maladresse masculine en amour figure en bonne place parmi les lieux communs de notre époque.

Nul n'ignore qu'il n'y a pas de femmes frigides, mais seulement des femmes mal baisées. A entendre ces malheureuses, la plupart des hommes confondent virilité et précipitation, ignorent tout du bon usage du clitoris ou du point G, et ne cherchent qu'à prendre égoïstement leur plaisir.

Honte à nous, les brutaux, les pressés, les ignorants, et, pour tout dire, les mufles ! N'est-ce pas nous qui pensons que « la nuit, toutes les chattes sont grises » et « qu'importe le fla-con pourvu qu'on ait l'ivresse » ? Et nous n'avons même pas honte d'aussi peu flatteuses comparaisons pour nos tendres compagnes, si aimantes et si délicates !

Allez vous étonner que, dans cette ambiance, le flot des revendications féministes s'enfle toujours plus, et qu'une légitime indignation contre l'égoïsme masculin déferle dans les livres, les magazines et les émissions de télévision !

Comme tout homme un peu informé, je bats humblement ma coulpe. C'est vrai, j'ai été plus souvent qu'à mon tour un macho ridicule, un fat primaire, un éléphant dans un magasin de porcelaine. Combien de malheureuses ai-je laissé sur leur faim au sortir de mes bras ? Combien de coïts bâclés où j'éjaculais dans un ventre figé par l'ennui ? Combien de caresses maladroites, de baisers saignants, d'hématomes involontaires, d'étouffements pesants, d'introductions hâtives, de perforations douloureuses ?

J'ai mal baisé trop souvent, c'est sûr, et j'en demande ici pardon à mes victimes. Mais, si je fus coupable, j'aimerais dire pourquoi.

Je péchais par ignorance et présomption, certes, mais je ne fus pas le seul. C'est à deux que l'on fait l'amour, à deux que l'on rencontre le succès ou l'échec. Les responsabilités, comme le plaisir, doivent être partagées. Non que je veuille rejeter sur mes partenaires les torts qui furent les miens, ce serait peu galant, et malhonnête ; mais, si j'étais ignorant, il faut bien reconnaître qu'elles l'étaient souvent plus que moi ; et si je présumais trop de mes capacités, que dire des leurs !

Le péché majeur, en amour comme en toute chose, c'est l'ignorance. Ignorance de nous-mêmes et des autres. Ignorance de notre propre corps surtout. Tout le reste en découle : l'égoïsme, la routine, l'ennui et, finalement, l'échec.

La vanité conforte l'ignorance. La satisfaction d'être aimé nous aveugle : si l'on nous aime, c'est que nous sommes parfaits.

Tous les doutes qui taraudent le puceau s'évanouissent à la première étreinte, et l'installation dans une liaison régulière renforce encore ce grisant sentiment de supériorité. Comment imaginer qu'une femme insatisfaite ouvre ses jambes jour après jour à un amant maladroit ? En acceptant notre étreinte, n'en reconnaît-elle pas tout le prix ?

Je fus ignorant et vaniteux à l'extrême. Je le suis encore, mais plus raisonnablement.

DU TOUCHER

Lorsque le désir me prend, le sang court plus vite dans mes veines, le rythme de ma respiration s'accélère, mais ce sont surtout mes facultés tactiles qui s'aiguisent.

Mes mains restent les principales ordonnatrices de mes caresses. Genoux, pieds, ventre, cuisses, mollets, poitrine et verge savent aussi caresser le corps de ma partenaire, mais ils n'y mettent guère de raffinement. Poitrine contre poitrine, verge contre ventre, mollets contre cuisses, on se frotte plus qu'on ne se caresse, alors que les mains, leurs dix doigts aidant, permettent les variations les plus sophistiquées.

La paume et l'extrémité des doigts définissent avec précision le grain, la souplesse et la chaleur de la chair caressée, et les sensations ainsi captées remontent à la vitesse de l'éclair jusqu'au cerveau, où jaillit le plaisir, où se concrétisent des pensées simples, voire simplistes, mais fortes : « Ce que c'est doux... quelles belles fesses... tiens, un grain de beauté que je n'avais pas encore remarqué... j'aimerais mordre vraiment dans cette hanche... le creux du dos est une merveille... »

Mes mains donnent autant qu'elles reçoivent, mais si je ne sais jamais précisément quelle sorte de plaisir elles donnent, je tiens un compte exact de tout ce qu'elles enregistrent.

Et c'est là où le désir intervient.

Avec la même femme, et à quelques malheureuses secondes d'intervalle, les sensations recueillies — douceur, moelleux, fermeté, fraîcheur, tiédeur, souplesse — peuvent varier du tout au tout. Là où mes doigts s'enfonçaient dans la tiédeur d'une chair crémeuse, je ne retrouve plus qu'une peau froidement grumeleuse ; là où le satiné d'une cuisse m'enfiévrait, ne subsiste plus qu'une surface inerte et moite...

C'est que le désir s'est évanoui. Le vrai désir, celui qui tient au corps lui-même et ne se laisse pas tromper par le cœur.

Désir étrange, car il n'est pas nécessairement lié à une érection. Je peux bander comme un Turc et ne sentir dans mes mains que froideur et rugosité, mais un mol gonflement de ma verge digérant deux étreintes successives n'empêche pas mes doigts de s'enflammer sur la courbe d'une hanche ou le repli d'un sein.

C'est un phénomène que je ne contrôle pas, et dont je subis les caprices d'assez mauvais gré.

Je vis cette soudaine insensibilité comme une amputation, ou au moins une diminution sensible, de mes capacités amoureuses.

Et j'enrage de ne rien savoir des causes de cette infirmité. Aucune de mes liaisons prolongées n'y a échappé : aussi épris que je sois, vient un moment, heureusement éphémère, où mes mains ne le sont plus.

DU RITUEL

A en croire la littérature érotique, il y a bien des façons de faire l'amour, et bien d'autres encore si l'on se fie aux écrits des sexologues et des psychiatres.

Le plus banal côtoie le plus fou, le plus amusant le plus ennuyeux, le plus éthéré le plus bestial. Les faunes du mont Olympe finissent par rejoindre dans l'orgasme les possédées de Loudun, tandis que débauchés de la Belle Epoque et Don Juan du Club Méditerranée s'ennuient pareillement dans leur vaine quête de l'extase.

Tout est bon pour jouir mais, le temps d'une respiration, tout peut se charger d'ennui. Cette bouche que l'on mordait comme du pain d'épice devient bouche d'égout, ce corps où l'on se brûlait n'est plus que cendres, ces yeux exorbités par le plaisir n'évoquent plus que les larges prunelles vides d'une vache qui rumine.

La chair est triste, comme dit le poète, lorsqu'elle n'est plus qu'une chair étrangère.

Mais une silhouette disgracieuse peut tout à coup nous incendier le ventre, et nos mains savent aussi se tendre vers une croupe maigre ou des seins tombants. Alors la plus misérable des chairs devient gaie.

C'est l'anarchie, le chaos. Impossible de comprendre ces allées et venues du désir, ces caprices du sexe, où alternent fièvres et nausées.

Je déteste ne pas comprendre. J'aime connaître les raisons d'un phénomène ou, au moins, pouvoir poser des hypothèses raisonnables. Je sais que la vérité est un leurre, mais je crois aux relations de cause à effet au niveau de la vie animale. Et j'enrage d'en savoir si peu sur l'animal que je suis, et encore moins sur les animaux à qui je fais l'amour !

Face aux mystères du désir, j'essaye donc de me rassurer par une forte ritualisation de mes activités amoureuses.

Redoutant une brusque retombée de mon désir, j'ai tendance à faire l'amour comme on dit la messe, de façon à éviter toute surprise. De même que le Credo succède au Kyrie, et le Sanctus au Credo, mes caresses se suivent dans un ordre presque toujours inchangé et je dois éjaculer à l'Ite missa est.

Dans la routine d'une liaison, le schéma général de mes entreprises amoureuses est donc à peu près toujours le même.

Si le désir surgit brusquement — entendez par là que ma partenaire et moi ne nous sommes pas mis au lit comme deux honnêtes époux après une dure journée de travail —, j'attaque ma compagne des mains et de la bouche sans lui laisser le temps de se déshabiller, car je sais que j'aurai grand plaisir à lui ôter moi-même les remparts de sa prétendue pudeur. Je saisis son corps à plein bras pendant que ma bouche s'écrase sur ses lèvres ou son cou. Mes mains volent, par-dessus les vêtements, sur la poitrine, les cuisses, les fesses et le ventre de ma proie, tandis que ma bouche descend sur les épaules et que l'une de mes cuisses s'insinue entre les jambes. Mes doigts s'attaquent ensuite à la jupe et au corsage, les soulèvent ou les dégrafent, et s'engouffrent sous le tissu pour jouir des vastes étendues de peau tiède qui les attendent. Culotte et soutien-gorge livrent leurs trésors à mes fiévreuses investigations avant d'être enlevés — ou seulement écartés : j'adore baiser une femme la culotte aux genoux et le soutien-gorge sous le menton... toujours ce vieux fantasme du viol. La dame à moitié nue, je cède parfois à l'impatience et, me débraguettant hâtivement, je pénètre sans plus attendre ce corps abandonné, non sans l'avoir, le plus souvent, retourné sur le ventre.

Mais si nous sommes de vieilles connaissances, ou si je n'ai pas encore trop grand appétit, je m'attarde à lécher son sexe pendant quelques minutes, avec une mention spéciale pour le clitoris, jusqu'à ce que montent à mes narines les senteurs de marais qui témoignent de l'émoi que j'ai suscité.

Une fois installé dans le vagin ou l'anus, je donne un bon rythme à ma verge, sans négliger pour autant le travail des mains et de la bouche. Une de mes mains s'occupe des seins ou des fesses, l'autre du clitoris et du périnée, et ma bouche vagabonde des épaules à la nuque, avec parfois un petit détour par les si sensibles cavités des oreilles.

Les mouvements de ma partenaire jouent alors un rôle déterminant. Paresseux, ils m'encouragent à musarder d'un téton à l'autre, à alterner le trot et le galop, à varier les positions. Pressants, ils me lancent dans une course éperdue, et je ne tarde pas à éjaculer dans un grand cri.

Lorsque c'cst la belle qui fait les premiers pas, j'endosse avec plaisir le rôle — momentané — d'objet sexuel. Je me laisse embrasser et déshabiller. Je n'interdis rien, mais ne suggère rien non plus. Les yeux fermés, je m'abandonne aux baisers et aux caresses ; et le plaisir monte dans ma verge, qui se déplie, se déroule et finit par me battre le ventre de sa raideur traversée de spasmes.

Quand mon érection a atteint toute son ampleur, la passivité me devient insupportable, et je reprends l'initiative. C'est à mon tour de bouger, de caresser, de sucer, de pénétrer, bref, de prendre la direction des opérations et de les mener jusqu'à leur terme naturel. Une grande fatigue physique, ou un ennui insurmontable, peuvent seuls me laisser inerte et consentant à tout jusqu'à une pauvre éjaculation.

A bien considérer ma manière de faire l'amour, on ne peut qu'être frappé par le manque d'imagination qu'elle trahit.

Exclusion de tout accessoire, fixation hétérosexuelle monomaniaque, autolimitation des zones érogènes, autant de choix caractéristiques d'une volonté de ne prendre aucun risque, quitte à se satisfaire d'une routine souvent médiocre.

DE L'INDIFFÉRENCE

Les femmes se disent dégoûtées par les hommes qu'elles ne désirent pas.

Elles éprouveraient non pas de l'indifférence, mais une insurmontable répulsion physique pour les mains, la bouche et, a fortiori, le membre de celui qu'elles n'aiment pas physiquement.

A l'inverse, la plupart des hommes se prétendent prêts à étreindre n'importe quelle femme qui ne soit pas vraiment repoussante de laideur. Le dragueur choisit à peine, tout lui est bon de ce qui n'est pas trop farouche, et le mari rangé se croit obligé de profiter des « occasions » qu'il n'a rien fait pour susciter.

Sans doute suis-je à moitié femme, à moins que, par vaine gloriole, les hommes ne mentent effrontément, mais j'avoue répugner à toucher une femme, même jolie, même séduisante, si je ne la désire pas physiquement.

Je parviens à la caresser, et je bande machinalement, mais je limite mes entreprises à la surface de son corps. Pas question de fouiller sa bouche de ma langue, de fourrer mon nez dans sa vulve ou de lui languetter l'anus. Tout ce qui en elle est humide, moite ou poisseux, tout ce qui sent, suinte ou sue, me soulève le cœur.

Le phénomène me paraît d'autant plus incompréhensible que ce qui m'écœure chez la grande majorité me ravit chez quelques-unes. Plus j'aime une femme, plus je me régale de ses sécrétions et de ses exhalaisons.

C'est tout ou rien, et plus souvent, hélas, rien que tout.

DE LA PUSILLANIMITÉ

Je n'ai jamais abordé une femme dans la rue, sinon pour lui demander l'heure. Ce n'est pourtant pas faute d'en avoir eu envie.

J'appartiens à cette race d'hommes qui ne peuvent s'empêcher de porter sur chaque femme rencontrée un regard discrètement évaluateur. Où que ce soit, dans la rue, un dîner, ou au bureau, l'arrivée de toute femme n'ayant pas encore renoncé à sa séduction me donne une mentalité de marchand d'esclaves.

« Aurais-je envie de la baiser si l'occasion m'en était donnée ? », telle est la grossière question que se pose immédiatement mon esprit d'obsédé, tandis que mes yeux examinent discrètement le visage et la silhouette de la dame.

Réflexe stupide, à l'évidence, car même si je me réponds par l'affirmative, je n'en suis pas plus avancé pour autant.

Souvent séduit par une de ces pimpantes créatures croisées au hasard d'une rue — très souvent, à dire vrai ! —, je ne tente pourtant jamais de lier connaissance.

J'ai longtemps trouvé de nobles raisons à cette lâche inertie. « Quelle vulgarité que d'importuner par de grossières propositions une femme qui se promène tranquillement ! disais-je à mes amis moins scrupuleux, quelle impolitesse ! On n'est tout de même pas des chiens pour se précipiter ainsi sur la première venue, pour aller renifler sous le premier jupon qui passe à notre portée ! »

Il y avait du vrai dans ces protestations de vertu, mais il y manquait l'essentiel, qui tient en quatre mots : la peur du ridicule.

La peur de voir la belle me rire au nez, se moquer de mes pauvres charmes, railler mes prétentions et se débarrasser de moi par quelque sarcasme bien senti. Ma vanité aurait trop souffert des mille rebuffades qu'il faut subir pour obtenir un seul, et hypothétique, rendez-vous, et je préférais m'en passer.

Aussi ne draguais-je qu'après avoir été « présenté ». Les dîners, soirées, réunions professionnelles et autres activités sportives, voilà mes terrains de chasse. Des terrains balisés, dont chacun connaît tous les sentiers. On s'y trouve entre gens du même monde (ce qui évite les impairs), on y « séduit » plutôt qu'on y « lève » une femme, et les qualités nécessaires au succès ne se réduisent pas à un talent de bonimenteur assorti d'attraits physiques évidents, attraits dont je ne suis que médiocrement pourvu.

Trop timide, ou trop vaniteux, pour passer à l'abordage en pleine rue, je ne me refuse pourtant pas les plaisirs de la filature. Filature aussi discrète que possible, car je ne veux pas effrayer ou importuner l'objet de mes fantasmes, mais assez rapprochée pour que mes yeux se réjouissent du balancement de la croupe sous la robe, de l'élancement des jambes, de la souplesse de la taille...

Une jolie blonde qui marche devant vous dans la fraîche lumière d'un printemps parisien, c'est un Botticelli descendu des cimaises des Offices, un concentré de plaisir esthétique, toute la jeunesse du monde. Dans l'épaisse chaleur d'un après-midi de juillet, cette grande brune qui file le long du trottoir, c'est l'une des dormeuses de Courbet qui, moite sous sa jupe collante et la sueur ruisselant entre les seins, se hâte vers le corps épanoui de son amie, et l'on a envie de la saisir à plein bras, de pétrir toute cette chair aux odeurs fortes, là, en pleine rue, sans se soucier de rien ni de personne.

Ces promenades derrière une jolie silhouette invitent à la rêverie. On imagine l'incident qui permettrait de jouer les sauveurs, on espère qu'elle se retournera avec un demi-sourire complice, on attend qu'elle laisse tomber, exprès, son sac...

Bref, on retrouve ses seize ans. Et rien n'arrive, évidemment !

Je me livre rarement à ces innocents plaisirs. Je suis en général trop occupé, toujours pressé d'aller au bureau, de faire une course urgente.

Je me rappelle d'autant mieux un après-midi où je me détournai du chemin de mes devoirs professionnels pour suivre pendant un bon quart d'heure une jeune femme croisée à la sortie du métro. Ce ne fut pas bien long mais cela suffit à me faire vaciller au bord du crime !

Elle marchait tranquillement dans un beau soleil de fin de journée en ondulant légèrement de la croupe, qu'elle avait forte. Ralentissant ou s'arrêtant au gré de son caprice devant les vitrines, elle ne semblait nullement se soucier de l'imbécile qui la suivait en tirant la langue. Elle finit par disparaître dans la porte cochère d'un immeuble bourgeois dont j'imaginai facilement la vaste cage d'escalier, le vétuste ascenseur grillagé, les tapis de velours bordeaux sur les marches de faux marbre, le tout baignant dans une demi-obscurité poussiéreuse... et je me vis soudain pousser les portes vitrées, bondir dans l'ascenseur avant qu'elle n'en referme les portes... et là, serrés tous deux entre les panneaux d'acajou, nous aurions baisé comme des fous.

J'aurais saisi sa bouche et ses hanches d'un même mouvement, elle aurait voulu me mordre, mes dents auraient croché dans la chair de son épaule pendant que mes mains arracheraient son slip, son cri se serait étouffé contre ma poitrine, ma verge aurait forcé la crispation de ses cuisses... Quel beau viol, dans les grincements de l'ascenseur malmené !

Etait-ce la chaleur, la floraison de jeunes femmes court vêtues dans toute la ville, le dessin de ses fesses sous la robe collante ?... Je fus bien près de passer aux actes, et je restai longtemps, hébété, devant la lourde porte close dont allait, peut-être, resurgir cette ensorceleuse.

DE LA PARURE

La beauté féminine ne tient pas seulement aux traits du visage et aux lignes du corps. La coiffure, le maquillage et les vêtements en sont des composantes essentielles.

Rien de plus présomptueux que le refus d'apprêts dont la seule « beauté naturelle » a souvent bien besoin. Se montrer tel que nous a créé mère Nature relève plus souvent de l'inconscience que de la modestie. C'est vrai pour les hommes, ce l'est plus encore pour les femmes.

Une femme nue m'intéresse, une femme élégamment habillée et maquillée me passionne.

Quoi de plus troublant que l'envolée d'une jupe bien coupée autour de cuisses rondes, la respiration d'un corsage sur des seins mouvants, le drapé d'un foulard sur une nuque juvénile ? Le crissement des bas scandant à petits bruits une démarche imperceptiblement chaloupée déclenche la ruée du sang vers l'extrémité érectile de ma personne, et les bouffées d'un parfum de luxe s'échappant de l'entrebâillement d'un chemisier me donnent le vertige.

Mais si la soie dans laquelle se gonfle une croupe bien fessue attire irrésistiblement le regard, le pantalon de jogging, qui brouille les courbes les plus suaves, décourage le plus affirmé des appétits.

Quelle rage a donc pris tant de femmes de s'habiller comme des sacs poubelle ?

On ne compte plus les obsédées du tee-shirt avachi, les maniaques du pantalon de zouave, les fétichistes des tennis éculées. Ce ne sont que couleurs ternes, lainages rèches, dessous de bonnes sœurs !

Quelle perversité à confondre débraillé et décontraction ! Quel entêtement à se croire attirante dans une défroque de clocharde ! Et si l'on marque peu d'empressement à étreindre ces épouvantails, on se fait traiter d'impuissant !

Passée la fièvre de la conquête, dont l'ardeur surmonte aisément les pires accoutrements, mon désir s'accommode mal du style baba-cool défraîchie, sportive en sueur ou ménagère aux mains grasses. Peut-être devrais-je en avoir honte, mais le tailleur Chanel m'inspire plus que la salopette, et la guêpière plus que le collant.

La lingerie féminine polarise toutes mes attentions. Si les soutiens-gorge me laissent relativement indifférent, slips, porte-jarretelles et bas me fascinent.

Par sa couleur, sa finesse et sa découpe, une petite culotte peut rendre affriolant le plus banal des abdomens. La dentelle donne de l'esprit à un nombril obtus, et la transparence du tissu rend mousseuse une toison maigrelette.

Le porte-jarretelles moule, et donc offre, dans son écrin soyeux un entrecuisse qui, sans lui, se confondrait avec la vaste monotonie du ventre. La ceinture, par sa coupe en ellipse, souligne la rondeur du pubis, tandis que les jarretelles accentuent la ligne de fuite des cuisses.

Les plus raffinées de ces dames savent assortir les couleurs de leurs dessous aux teintes de la peau et de la toison, en jouant sur les contrastes — noir sur une peau de lait et un touffe blonde, clair sur une motte aile de corbeau — ou sur un subtil dégradé de tons clairs ou sombres.

Les bas méritent aussi de figurer en bonne place dans la panoplie de la parfaite séductrice.

Outre qu'ils impliquent le plus souvent l'usage d'un porte-jarretelles, ce qui suffit à les rendre nécessaires, ils donnent à la jambe une netteté de lignes du plus bel effet, encore accentuée par une couture apparente. Flattant le regard, ils le conduisent immanquablement à l'ourlet de la robe, et c'est alors la main qui brûle de se glisser sous l'étoffe et de se griser de la merveilleuse plage de chair tiède qui allonge ses promesses de la lisière du bas au renflement de la culotte.

Le soutien-gorge, en revanche, assure à la poitrine une fermeté suspecte et une rigidité lassante. De beaux seins batifolant librement sous une étoffe légère et pointant leurs tétons ici ou là au gré des mouvements de leur propriétaire, m'émoustillent autrement que deux obus braquant leurs ogives impavides sous un pull à la limite de la rupture. Et rien n'est plus odieux que la vicieuse résistance d'une attache de soutien-gorge aux attaques d'une main fébrile !

Une femme maquillée, parfumée, en vêtements de fête et prête à aller parader dans un dîner ou un cocktail, déchaîne mes esprits animaux. Il me prend une furieuse envie de froisser, de décoiffer, de trousser... de mettre du désordre dans tout cet ordre, de la violence dans tout ce calme, du débraillé dans tout cet apprêt. Je me sens Vandale devant une belle patricienne sans défense, je veux que cette beauté trop sûre d'elle-même perde sa morgue dans la bestialité de mon étreinte.

Face à une élégante BCBG, un goût de saccage et de viol me monte à la bouche. Plus elle proteste, plus elle m'excite. Que m'importent l'urgence du départ, les plis de sa robe, la perfection fragile de sa coiffure, face à l'excès de mon désir ! Je bande trop, et si elle se refuse, c'est sur sa belle robe que je répandrai mon sperme (menace grossière, mais assez décisive pour que je n'aie jamais eu à la mettre à exécution).

Et lorsqu'après l'étreinte, Madame se rajuste en feignant l'impatience, sa beauté resplendit dans l'éclat de ses yeux, la brûlure de ses pommettes et le frémissement de ses lèvres.

DE LA COMÉDIE

Une certaine mise en scène aiguise opportunément le désir, alors que la trivialité le fait fuir.

Rien n'est moins excitant que ces femmes qui se préparent à faire l'amour comme à passer une visite médicale : elles se déshabillent en rangeant posément leurs vêtements à l'endroit approprié, vont se récurer l'entrecuisse à la salle de bains, puis, la peau grenue et le cul bien froid, vous ouvrent leurs jambes avec, sur le visage, l'expression satisfaite d'une bonne ménagère ayant fini de ranger sa cuisine.

Tous ces apprêts hygiéniques me glacent, et je grimpe sur le lit avec l'entrain d'un manutentionnaire gagnant son poste de travail.

J'aime l'inattendu et le polisson. J'aime les petits rires chatouillés, les coups d'œil égrillards, les fausses résistances. J'aime la surprise d'un string de satin noir sous la jupe sage, la main qui feint de s'égarer dans la braguette, les cuisses qui se crispent juste assez pour qu'on puisse les forcer...

J'adore toute la joyeuse comédie d'une première étreinte, et que l'on se roule sur le tapis, et que l'on froisse ses vêtements, et que l'on se débatte tout en s'agrippant ! Je raffole de la voix qui implore « pas maintenant » tandis que la motte se liquéfie, des mains qui repoussent alors que le ventre se fait ventouse. J'aime tout ce qui dit oui en prétendant dire non.

Il faut s'amuser, que diable, au prix même d'une certaine puérilité. Certaines femmes le comprennent, qui se révèlent de joyeuses compagnes de lit. Mais, pour une drôlesse, que de mères patronnesses qui font l'amour comme on dit la messe, avec la componction et le total manque d'humour de qui se prend au sérieux.

DE LA JALOUSIE

Je ne vois nul mérite au jaloux. Il se méfie à contre-temps, fulmine déraisonnablement et, à force de soupçons injustes, pousse la femme la plus fidèle entre les bras du premier venu.

Je tiens donc la jalousie pour une faiblesse lorsque je m'y laisse aller, pour une stupidité lorsque j'en suis l'objet.

Si j'ai lieu d'être jaloux, je tente de minimiser la chose, de me calmer, et de ne rien manifester de ma colère à l'infidèle. Je ne m'estime pas assez pour m'indigner de ce que ma compagne veuille goûter à d'autres charmes masculins ; je n'approuve pas, mais ne condamne pas non plus. Et j'ai moi-même trompé à peu près toutes les femmes que j'ai aimé sans m'en sentir moins amoureux.

Mais si ma raison s'accommode assez bien de l'état de cocu, mon corps n'est pas toujours aussi conciliant.

Lorsque Karine, dans un joli mouvement d'inconstance, m'annonça que nous passions ensemble notre dernière soirée, car elle était décidée à rejoindre cette nuit même l'amant qu'elle avait quitté quinze jours plus tôt à mon bénéfice, je l'assurai de toute ma compréhension, ne lui fis pas un mot, un reproche, et entrepris sur le champ de lui faire l'amour.

C'était la dernière fois, lui disais-je, profitons-en, et elle se laissa faire. Elle y mit même un certain enthousiasme.

Alors que je me sentais tout près de l'éjaculation, une idée saugrenue me saisit avec tant de force que je ne pus m'empêcher de la mettre à exécution.

Retirant prestement ma verge du vagin où elle se prélassait, je répandis mon sperme sur le ventre de Karine, sperme que j'étalai ensuite, avec un soin maniaque, sur l'abdomen, les seins et les cuisses de ma partenaire stupéfaite qui, comme paralysée, n'offrit aucune résistance à ces manœuvres inhabituelles.

Quand j'eus terminé cette étrange opération — qui resta unique dans toute ma carrière amoureuse — j'expliquai à Karine la dernière faveur que j'attendais de son affection : que, sans se laver, elle se rende auprès de son amant et se donne à lui sur-le-champ, de façon qu'il embrasse son corps encore tout enduit de mon sperme.

Loin de s'indigner de cette étrange requête, Karine me promit de m'obéir. Puis elle se leva, s'habilla — sans passer par la salle de bains — et disparut de ma vie. Peut-être tînt-elle sa promesse, car elle éprouvait pour son amant autant de rancune que de désir.

Je fus longtemps troublé par cet incident. Ce désir de mettre mon sperme sur les lèvres d'un rival me paraissait indigne de l'individu civilisé que je me flattais d'être. Je finis par me rassurer en décidant qu'il fallait y voir une simple poussée de fureur préhistorique échappée de mon cerveau reptilien, et non le fruit de ma véritable personnalité !

Une deuxième occasion me fut donnée de vérifier qu'en matière de jalousie je n'étais nullement aussi maître de moi que je voulais bien le croire.

Eliette était une maîtresse charmante, mais mille kilomètres nous séparaient habituellement, et je la trompais depuis quelque temps avec Brigitte lorsqu'elle m'avoua, lors d'un de nos week-ends, qu'elle s'était laissé séduire par un de mes proches amis.

La nouvelle ne me surprit pas vraiment car, outre qu'elle ne m'avait jamais promis fidélité, Eliette n'ignorait pas ma liaison avec Brigitte. Je ne ressentis donc nulle irritation à l'égard de l'infidèle, je la comprenais trop bien. J'étais même plutôt satisfait de ne plus être seul à jouer les papillons.

Aussi fut-ce avec la tendresse habituelle à nos

retrouvailles que, cette édifiante conversation terminée, nous nous mîmes au lit. Mais là, ô rage, ô désespoir, ce fut ma verge qui piqua sa crise de jalousie en se cantonnant dans une tenace mollesse. J'avais beau me démener, caresser à tout va, embrasser à bouche-que-veux-tu, mon membre jouait si bien au bel indifférent, que je dus finalement, avec des excuses embarrassées, accepter ma défaite.

Ce fut un beau fiasco, et j'en étais d'autant plus gêné qu'il démentait ironiquement mes belles déclarations de tolérance, de compréhension et de largesse d'esprit.

Comme à son habitude, Eliette fut parfaite : elle mit l'incident sur le compte de la bien compréhensible fatigue d'un trop long voyage de nuit en voiture, m'embrassa avec la gentillesse d'une sœur et me souhaita de beaux rêves avant de s'endormir elle-même paisiblement.

Nos relations amoureuse en restèrent là, mais une tendre amitié leur succéda, et je finis par penser que ma verge n'avait pas fait un si mauvais choix.

CONCLUSION

Je crois avoir tout dit de ce que je voulais dire en commençant cet autoportrait, et l'inévitable oubli de quelques détails ne remet en cause ni la sincérité, ni l'exactitude du tableau.

Un tableau est fait pour être critiqué, et je voudrais précéder le lecteur sur trois points.

D'abord, je me suis contredit, souvent et sans vergogne.

Un lecteur attentif aura relevé, entre autres exemples, que tout en me revendiquant autoritaire et directif, je ne cesse de déplorer la passivité de la plupart de mes compagnes ; de même, j'attends que l'on fasse sur mon membre tant aimé des compliments que je refuse au sexe de mes partenaires.

Mais ces contradictions témoignent de ma

nature d'être humain, changeant, irrationnel et passionné, et je préfère les assumer plutôt que les gommer par l'artifice et le mensonge.

Plus regrettables peuvent paraître mes critiques insistantes sur les capacités et activités amoureuses de ces femmes que je prétends avoir aimé.

Suis-je donc un champion de la misogynie pour stigmatiser si fréquemment la maladresse, l'égocentrisme ou l'indifférence de mes maîtresses ? N'ai-je rencontré que des goules qui me mordaient au sang ou des lymphatiques uniquement soucieuses de leur propre jouissance ?

Il est vrai qu'aucune femme n'est parfaite dans l'amour, pas plus qu'aucun homme, et que chacune peut prêter le flanc à telle ou telle critique. Mais on se tromperait en croyant que la somme de ces critiques s'applique à toutes les femmes que j'ai connues.

L'une mâchonne plus qu'elle ne suce, mais se révèle divinement inventive dans la sodomisation ; l'autre, qui ne peut s'empêcher de se faire les griffes sur vos fesses, vous offre une bouche féerique ; telle autre encore combinera de façon inimitable passivité et fantaisie. Aucune n'est parfaite, mais toutes, ou presque, savent nous séduire, et c'est de leurs charmes, et de tout le plaisir qu'ils nous ont donné, qu'il faut se souvenir.

Ce fut Brigitte qui, pour moi, approcha au plus près de la perfection, mais je n'oublie pas pour autant les moments heureux que j'ai passé entre les bras, et les cuisses, des autres. Et je replongerais volontiers dans un lit avec la plupart d'entre elles.

CHEZ LE MEME EDITEUR

Romans

J.B. Reynolds, *Manila Black*
Gilles Laurendon, *Sandor*
Gilles Laurendon, *La feuille*
Bernard Clesca, *Il regardait la mer*
Camille Deveaux, *La maison double,* prix du Suspense français 1986
Eliane Thielland, *Les aventures de Madame Zaza*
Eliane Thielland, *Un vrai conte de fée*
Michèle Blondel, *13, rue Thérèse qui rit quand on la baise*
Serge Filippini, *Angèle*
Denis Rossano, *Promenade dans la douce folie des gens tristes*
Dominique Viseux, *La voie ardente,* prix de la Fondation Apple pour le Livre
Dominique Viseux, *La passion du peintre Wann*
Dominique Viseux, *La citadelle des brumes*
Florian Leenhardt, *Le passage du cheval rouge,* prix de la Fondation Apple pour le Livre
Dominique Laparra, *L'homme du bush*
Maurice Périsset, *Deux trous rouges au côté droit*
Didier Blonde, *Le nom de l'Inconnue*
Marc Trillard, *Un exil*
André Bay, *L'Énigme orchidée*

Poésie

Christine Lièvre, *Poèmes*
Renée Vivien, *Œuvre poétique complète*
Jean-Paul Goujon, *Tes blessures sont plus douces que leurs caresses.* (Biographie de Renée Vivien)

Essai, Document, Témoignage

Jean-Pierre Diehl, *Le regard colonial*
Michel Larivière, *A poil et à plume*
Claudia Tavarès, *La femme inachevée*

Collection « Médecins sans frontières »

Bernard Hébert, *Le Mollah noir.*
Marcel Roux, *Diapositives*
Esméralda Luciolli, *Le mur de bambou*

Collection « Nos grands hommes »

Jacques Bonhomme, *Malraux ou le conformiste*
Frédéric Grendel, *Raymond Barre*

Bandes dessinées/Dessins

Gérard Leclaire/Régine Deforges, *Contes pervers*
Gérard Leclaire, *Ego transfert*
Hippolyte Romain, *Reportages*
Hippolyte Romain, *Nuits*
André Hardellet/Wiaz, *L'oncle Jules*
Huger/Bourg, *En chaleur*

Beaux-Livres

Régine Deforges/Geneviève Dormann, *Le livre du point de croix*
Régine Deforges/Geneviève Dormann, *Marquoirs*
Régine Deforges/Geneviève Dormann, *Alphabets*
Régine Deforges/Geneviève Dormann, *Fleurs et fruits*

En préparation

Franck Spengler/Dominique Oriou, *Chromo-chronologie de l'histoire de France*
Nos grands hommes, *Jacques Chirac*
Nos grands hommes, *Yves Montand*
Nos grands hommes, *Jack Lang*
Nos grands hommes, *Michel Rocard*
Nos grands hommes, *Jean-Marie Le Pen*
Nos grands hommes, *François Mitterrand*
Nos grands hommes, *Serge Gainsbourg*
Gérard Leclaire/Régine Deforges, *Contes pervers 2*

Ce livre a été réalisé
par la Getis pour le compte
des Editions Régine Deforges,
et achevé d'imprimer
le 5 janvier 1989
sur les Presses Bretoliennes
27160 Breteuil-sur-Iton

Numéro d'éditeur : 905 538
Numéro d'impression : 781
Dépôt légal : janvier 1989